ビアトリクス・ポターが愛した庭とその人生

ピーターラビットの絵本の風景

＊本書では、ビアトリクス・ポターの作品の
 タイトルや登場人物／動物の固有名詞は、
 邦訳がある場合はその表記に倣いました。
 ただし、作品からの引用文については訳者
 のオリジナル訳です。本書の訳文では、植
 物名については現在一般的な名称を用いた
 ため、既存の邦訳の訳語と一部違っている
 こともあります。

＊本書中のカッコは、原則として次のように
 使い分けています。
 　（　）＝原注、［　］＝訳注

＊本書で紹介している観光施設や道などに関
 する情報は、刊行当初のものであり、現在
 では変更が生じている場合もあります。お
 出かけの際は最新情報をご確認ください。

BEATRIX POTTER'S GARDENING LIFE
The Plants and places that inspired the classic children's tales

Marta McDowell

Copyright © 2013 by Marta McDowell, originally published in the United States by Timber Press.
Japanese edition copyright © 2016 by Nishimura Co., Ltd.

Frederick Warne & Co. is the owner of all rights, copyrights, and trademarks in the Beatrix Potter character names and illustrations. Unless otherwise noted on p323, images used in this book are copyright © Frederick Warne & Co., reproduced by permission of Frederick Warne & Co.

All rights reserved.
Printed and bound in Japan

ビアトリクス・ポターが愛した庭とその人生

ピーターラビットの絵本の風景

著 ■ マルタ・マクドウェル
訳 ■ 宮木 陽子

西村書店

目次

序文　7

第Ⅰ部　園芸家としての人生　12

1. 発芽期　16
2. 分枝期　35
3. 開花期　53
4. 定着期　78
5. 成熟期　104
6. 結実期　120

第Ⅱ部　ビアトリクスの庭の一年　140

冬　144
春　164
夏　192
秋　224

第Ⅲ部　ビアトリクスの庭を訪ねて　248

付録

◆ ビアトリクスがいつくしんだ植物　280
　表1「ビアトリクスの庭の植物」　281
　表2「ビアトリクスの作品に登場
　　　する植物」　288
◆ 参考文献および原注　299

謝辞　313
訳者あとがき　315
索引　318
図版クレジット　323

花は家が気に入ると、なかまで入ってこようとする。
金色の花を咲かせた大きなオトギリソウがポーチの敷石
のあいだから顔を出し、いまはもう玄関の壁と敷石のす
きまからのぞいている。古くからある1本のライラック
は風に吹かれて倒れたあと、応接間の床下に根づいて床
板を持ち上げている。バンダイソウは窓枠の下や台の上
で生長し、フジは壁を這う。クレマチスは雨樋（あまどい）を詰まら
せる。それぞれの季節になると、ニオイアラセイトウや
セイヨウバラ、ローズマリーやリンドウが花を開く。ま
た赤いボケは春一番に花を咲かせようとする。けれども
小さな窓ガラスからちらっとのぞきこむピンク色のセイ
ヨウバラほど愛らしいものはない[1]。

　　　　ビアトリクス・ポターが綴ったヒルトップ農場の情景。
　　　　『妖精のキャラバン』の続編（未刊）の一部

序　文

　思いきって最初に白状してしまいます。わたしは子どものころビアトリクス・ポターの作品を読んでいません。実を言うと、作者のことを知ったのは安物の複製品を通してでした。甘えん坊だった4歳のころ、母につれられてスーパーマーケットへ行くと、いつもきまって本をおねだりして、母を困らせたものです。ある日、母はそんなわたしにソーントン・W・バージェス作の『こうさぎのピーターのおはなし（*Little Peter Cottontail*）』という金ピカの表紙の本を買ってくれました。いたずら好きの子ウサギが、野生の草花のなかで跳ねまわって農場へ入っていく。けれどもマグレガーさんの菜園は見つからない。この複製本の原作者であるビアトリクス・ポターのことを知ったのは、それからずいぶん後のことでした。

　1981年、間近に迫った結婚式の贈り物がたくさん届いていたころ、ある人がボンネット形の大きなクッキー瓶を贈ってくれました。瓶にはエプロンをかけたハリネズミがアイロンを握りしめている姿が描かれていました。ウェディング・プレゼントが、どういうわけか20数年も見落としていた、しかも児童文学のなかでもとくに有名な登場人物を知るきっかけになるとは、どうみてもお粗末です。客の前で贈り物を開けたとき、そのほとんどは女友だちや家族、その後親戚になる人たちでしたが、わたしはなんと言ったのか、なにもおぼえていません。贈り主がだれかも思い出せずにいます。いずれにしても、ティギー・ウィンクルというハツカネズミのおばさんのクッキーも、わたしの結婚生活も長くはつづきませんでした。

　さて、ここで1997年まで話を早送りしてみましょう。その年わたしは

2度めで最後の夫と、年老いたわたしの両親といっしょに、スコットランドと湖水地方の旅に出ました。ウィリアム・ワーズワースをめぐる旅は最初から予定していましたが、ワーズワースが住んでいたダブ・コテージとライダル・マウントはどちらもグラスミアに近く、宿をとったウィンダミアからも遠くはありませんでした。それなのにどうしてあの絵本の作者ビアトリクス・ポターのゆかりの地を素通りできましょう。

　というわけで、ウィンダミア湖の対岸にあり、ビアトリクスがとくに愛着を感じていた屋敷、ヒルトップ農場を訪れました。すると結局、そこがわたしたちの旅でもっとも強く印象に残る場所になりました。ひとつには、1週間雨のスコットランドを旅したあと、その午後に太陽が出てきたからでしょう（母は靴を一足しか持ってきておらず、毎晩B&Bで、父にヘアドライヤーを使って乾かしてもらっていたので、とくに喜んでいました）。またひとつには、ヒルトップの庭園の見頃は8月で、わたしたちの旅がちょうどその時期だったからでもあるでしょう。

　その日わたしはビアトリクス・ポターが園芸家だったことを知りました。わたしも園芸家ですが、いつかわたしは庭仕事のほとんどをキーボードでこなすことになるだろうと思っています。わたしは庭仕事をする物書きであり、物書きをする園芸家であることに心惹かれます。ペンと移植ごてに互換性はないけれど、ふたつはしばしばつながっているように思えます。ずっと以前からわたしの頭の片隅には、エミリー・ディキンソンの姿がありました。またともに小説家で園芸愛好家だったイーディス・ウォートンとジェイン・オースティンにも関心を持っています。かつてわたしは園芸に関する言葉を探しながら、ナサニエル・ホーソーンの全作品を読んだこともあります。また英国の画家で庭師で、小説家であるガートルード・ジーキルや、同じく英国の詩人で小説家で、園芸家であるヴィタ・サックヴィル＝ウェストにも大いに関心がありますが、いまはなんといってもビアトリクス・ポターです。

　あるときわたしの心の奥で、ビアトリクス・ポターとその庭に対する思いがふつふつと沸騰しはじめたのです。何年にもわたって、わたしはロン

8　序文

庭へ出ていくウサギ。本図を原図にした改作がのちに『ピーターラビットの暦 1929 年版』の口絵となる。

ドンのヴィクトリア＆アルバート博物館や、ニューヨークのモーガン図書館＆美術館に展示されているビアトリクス・ポターの素晴らしい植物水彩画を見てきました。また映画の『ミス・ポター』のシーンがわたしの心のなかに現われては消え、現われては消えしました。『ホータス』というガーデニング誌では、ピーター・パーカーの優れた記事を目にしました。そしてある日、ニューヨークの植物園の売店に、ポターの『ピーターラビットのおはなし』全巻と、リンダ・リア著『ビアトリクス・ポター：ピーターラビットと大自然への愛（*Beatrix Potter：A Life in Nature*）』が並んでいるのを見たのです。わたしのなかでふつふつと沸騰していた思いが煮詰まりました。

　　ここで本書について、少々説明させてください。読者のみなさまのなかには、本書の大部分の植物を学名で記していないことにほっとする、あるいは困惑する方がいらっしゃるでしょう。ビアトリクスは植物名をラテン語、つまり学名で表記することに積極的ではありませんでした。そこで本書では、それにしたがいました。ただし、もっと詳しく知りたいという方のために、ビアトリクスが栽培したり、作品に取り上げたり、挿絵に描いたりした植物については、学名を付けて巻末にリストアップしました。

　　また、文中に引用したビアトリクスの文章は、文法も句読点も綴りも、とくに手紙はいい加減でしたが、本書では原文のままにしました［訳文では読みやすいよう、適宜調整した］。また、みなさまにはぜひ『ピーターラビットのおはなし』シリーズを手元において、本書を読んでいただきたいと思います。ビアトリクスの絵本を読むのは楽しいし、それによってビアトリクス本人のことも、ビアトリクスの庭のことも、いっそうよく理解できると思います。

　　本書の第Ⅰ部では、ビアトリクスの園芸家としての生涯を紹介します。

　　まず名前の表記に関しては、ふたつの点でビアトリクスにお詫びしなくてはいけません。ひとつは、失礼を顧みず、21世紀の慣習にしたがって、クリスチャンネームを用いたこと。次は結婚後、本人は「ミセス・ヒーリ

ス」と呼ばれるのを好んでいたのに、大半はそのまま旧姓を用いたこと。でも、作家としては本人も生涯旧性で通したので、そのほうがわたしたちにもわかりやすいし、ビアトリクスにもきっと理解してもらえるでしょう。

第Ⅱ部では、庭の一年を通してビアトリクスの人物像をたどります。

ただしカースル・コテージで夫と暮らしていたころ、ビアトリクスが文通相手たちと語り合っていた庭が、カースル・コテージの庭のことなのか、それとも道の向かい側にあるヒルトップの庭のことなのか、はっきりしないこともありました。したがって四季を通して庭の移り変わりを描くときには、ビアトリクスの庭に対する熱意と喜びが伝わることを優先し、いずれの庭かについては多少言葉をにごしたところもありますが、その点はどうかお許しください。

第Ⅲ部は旅のガイドともいえる内容です。

ビアトリクス・ポターゆかりの地、すなわち湖水地方やビアトリクスに影響を与えたその他の場所を皆さんに発見、再発見していただければ幸いです。ヒルトップの庭だけでも訪れる価値は十分あると思いますし、またほかにもビアトリクスの姿を彷彿とさせる庭や風景がいくつもあります。

ビアトリクス・ポターの庭へようこそ。それでは、どうぞなかへ……。

第 I 部

園芸家としての人生

ヒルトップ農場の玄関に立つビアトリクス・ポター（1913年）

どんな庭もどう読み解くかを知っていれば、そこからひとつの物語が見えてくる。ビアトリクス・ポターの庭の物語は、10月のある日、イングランド北部のソーリー村からはじまる。

　ひとりの女性が巻き尺を手にして坂道をのぼり、一軒の農家へ向かっていく。背は低く、白髪まじりの褐色の髪の毛は、後ろに束ねてまげに結われている。口もとの小じわは、もしあったとしても笑みのなかにたたみこまれているのだろう。女性が期待しているのはどうやら並みの幸せではなさそうだ。女性はいま初めての資産となるヒルトップ農場の契約書に署名したばかりで、青い目はこれからつくりあげる庭の風景を想い描いて大きく見開かれている。垣根、散歩道、おそらくウェールズの伯父の家の庭にあるような長い格子垣……。
　ビアトリクス・ポターの心のなかには、すでに完成した庭の風景が描かれていた。冬にはスノードロップ、どしゃぶり雨の降る春にはライラックやアザレアやラッパスイセン、夏にはバラ、秋にはキクの咲き乱れる庭。庭には果樹もなくてはならないだろう。ヨウナシやプルーンを植えれば、果樹園のリンゴの古木と、アカスグリやグーズベリーを植えれば、庭のさまざまな花としっくりなじむだろう。
　ロンドンっ子のビアトリクスが湖水地方に自分の居場所を持ちたいという夢を実現できるのだから幸せなはずなのに、それでもビアトリクスには一抹の寂しさ、一抹の喪失感が真昼になっても晴れない霧のようにつきまとう。
　1905年、「さあ、新しい門出よ」と庭が招いている。

1. 発芽期

ビアトリクス・ポターは園芸家としては遅咲きである。ヒルトップの庭を通して植物の生長過程を初めて見たときは40歳になっていた。やや遅いスタートではあったが、庭いじりに興味をもつようになる種は、幼いころに植えつけられていた。

ビアトリクス・ポターは、1866年7月28日、真夏の土曜日にロンドンのボルトン・ガーデンズ2番地で生まれた。マンチェスターの綿花工場で財を成した先祖のおかげで、当時金持ちになった者がいたが、ビアトリクスの両親、母のヘレン・リーチ＝ポターと父のルパート・ポターもそうだった。一家はサウス・ケンジントン近郊の青葉茂る一画に建つ新築の家を買ったばかりだった。

瀟洒な四階建てのテラスハウスの裏手にあって、ビアトリクスが子どものころに遊んだ裏庭は、つくりは地味で、まわりはプライバシーが保てるように垣根がめぐらしてあり、通用門が設けられていた。ごくわずかな低木が日陰をつくり、長方形の芝生のまわりを砂利の小道が取りかこむ。小道と垣根のあいだには、薄いコケとともにゲッケイジュやアオキといった常緑樹が茂る簡素な花壇があり、春になるとヒヤシンスが咲き、肉づきのいい色とりどりの花穂が香りを放つ[2]。花壇の縁には煉瓦がギザギザにあしらわれていて、垣根には1本のバラがさまざまな蔓植物とともに、一定の方向に這わせてある。

ポター邸のあった2番地の通りの向かい側には、居住者専用の「ポケット公園」がある。ロンドンの宅地開発業者は、裕福な購入者を惹きつける

門のところに立つビアトリクス・ポター (1871 年頃)

ビアトリクスが住んでいた当時のロンドン

ために、早くも17世紀から文化的施設として、私有の公園を提供しはじめた。ポター家が暮らしていた時代には、このような公園は上流階級には欠かせないものだった。それは都会のなかのちっぽけな田園、都市のオアシスだった。ポター家は慣例にしたがって公園の占有権のためにお金を払い、そのお金は公園の維持費の一部にあてられた。そうしてポター家は鉄の門の鍵をもらったのである。

ビアトリクスはもっぱら乳母のマッケンジーに育てられた。そして幼いころから低木の茂みや芝生のまわり、花壇に沿って曲がりくねる木陰の散歩道に親しんだ。

その後もビアトリクスと乳母は健康のために散歩をつづけた。ふたりがよく散策したのは、ヴィクトリア朝の優れたガーデニングのなかでも最高峰といえる王立園芸協会の庭園で、それはサウス・ケンジントン博物館の隣の心地よい一画にあった（現在この博物館は、「ヴィクトリア＆アルバート博物館」と改称されている）。複雑に入り組んだ花壇（旬の花が、いちばんよい状態で見られるよう、季節ごとに植え替えられる）は、幼いビアトリクスの目には色とりどりの扇形や曲線が連なっているように見えた。大きなガラス張りの温室のなかは暖かく、冬でも熱帯のようで、想像力豊かな幼い少女にはまるでジャングルだった。コンサートシーズンになると、公園内の鋳鉄製の頑丈な野外音楽堂で音楽家たちが演奏をしたが、そこはタイル張りのアーケードによって太陽の光がさえぎられ、日陰をつくっていた。

ビアトリクスがもうすぐ6歳というときに生まれたポター家の跡取り息子バートラムは、水を利用してつくられたもの、例えば噴水や滝、小川や池などが大好きだった。ビアトリクスはそんなある日の情景をおぼえていて、日記に綴っている。〈バートラムが王立園芸協会の庭園の池でボートを漕いでいたとき、アシのなかで動けなくなった。するとローンテニスをし

▶20〜21頁：ポター家の前にあったポケット公園、ボルトン・ガーデンズ・スクエア（ルパート・ポター撮影、1896年）

1 ▶ 発芽期　19

ていた上品な若い男性が「ノアの箱舟を思い出すね」と、これまた上品な若い女性に言った〉[3]。この庭は大人に伴われた子どもたちには最適な遊び場であり、上流階級の人たちが散策するのにもってこいの場所でもあった[4]。

　王立園芸協会の庭園はポター家の子どもたちが乳母のマッケンジーとよく訪れていたもうひとつの公園、ケンジントン公園から通りをはさんだところにあった。17世紀から18世紀の初頭にかけて建設されたケンジントン公園は、ロンドンの王立公園のひとつで、当時流行していたオランダ様式で設計されていて、シンメトリー、つまり相称、調和美にのっとっている。広い並木道がまさに丸い形をしたラウンド池から放射状に広がっている。またイギリスの風景画の雰囲気が取り入れられていて、例えばこの公園には、ウエストボーン川を堰き止めてつくった人工の湖でありながら、まるで天然の湖のようなサーペンタイン湖がある。幼いビアトリクスと弟のバートラムは、乳母が監視の目を光らせるなかで、上流階級の人たちに囲まれて、公園内の小径、ブロード・ウォークをのんびり歩いたり、フラワー・ウォークを散策したりして遊んだ。

　上流階級では乳母や家庭教師に子どもの世話をさせるのがごく一般的だった。この風習にならってポター家が雇った最初の乳母がマッケンジーだった。その後雇われた家庭教師たちは、ビアトリクスに算数や国語、地理や地図の描き方といった基礎教科を教え、フランス語の勉強には別の家庭教師がついた。そして最後の家庭教師、アニー・カーターが来てからは、ドイツ語の授業が加わった。ビアトリクスはまたラテン語も学び、ローマの詩人、ウェルギリウスの著作を愛読していたので、のちに植物の学名で困ることはなかった。それでも作品に学名を使うのは避けている。

　内気な子どもだったビアトリクスは、ネズミやカエル、ヘビやトカゲ、小鳥やイヌ、ハリネズミやコウモリ、もちろんウサギなど、ちょっと変わった動物にふれあう機会があると、口にこそ出さなかったが、愛情をもって接した。これらの動物のなかには、許しを得て家で飼っていたものもあるが、こっそり飼っていたものもある。両親はペットのことに限らず、ビアトリクスにも、のちにはバートラムにも寛大で、好きなだけ絵を描か

サウス・ケンジントンの王立園芸協会の庭園
(ヨーク&サン撮影、1871年頃)

せた。ビアトリクスはまず鉛筆と絵筆で庭づくりをはじめた。

　ビアトリクスは父のルパートと美術館へ行ったり、父の友人で成功した画家のジョン・エヴァレット・ミレイ卿のアトリエを訪れたりした。ルパートはアマチュアだが、優れた写真家だったので、ミレイのために絵のモデルや背景となる風景を写真に撮って大いに手助けをした。おかげでミレイは戸外よりもアトリエで時間の多くを過ごした。それから何年ものちに、ビアトリクスは手紙にこう書いている。〈わたしが子どものころは、ま

ケンジントン公園のラウンド池（絵葉書、撮影年不詳）

だラファエル前派の画家はそれなりに評価されていました。花や植物を入念に描いたこれらの画家の作品がわたしに影響を与えてくれました〉[5]。ビアトリクスは10歳になる前から、すでに植物画にかけての才能を発揮し、ポター家の書庫にあった19世紀の植物画家ジェイムズ・アンドリューズやヴィア・フォスターの画集からも学んだ。個人指導や、サウス・ケンジントンの美術学校で絵のレッスンを受けたりもした。また家族で休暇を過ごすときにも、ロンドンにいるときと同じように身のまわりの物を観察して学んだ。

　ポター家は父のルパートがいつも休暇をスコットランドで過ごしていたので、家族間の手紙では、その年どの花が最初に咲いたかといったことを知らせあった。ルパートは冬の旅先から7歳のビアトリクスに宛てた手紙

▶ 右頁：ジギタリス（左）とニチニチソウ（右）（鉛筆、1876年）

24　第Ⅰ部　園芸家としての人生

Helen Beatrix Potter. Feb 9. 1876.

ビアトリクスと母ヘレン・リーチ＝ポター（1872年頃）

ダルガイズ・ハウス（撮影年不詳）

に、こんなことを書いている。〈芝地にはスノードロップが咲いているが、木々はすっかり葉が落ちて、かわいいウサちゃんの姿はまったく見えないよ〉[6]。ポター家は11年間、長期休暇をダルガイズ・ハウスで過ごしている。そこはスコットランド中部を流れる大きなテイ川の西岸のダンケルドにほど近い、樹木の生い茂る丘に建つマナー・ハウスである。一家が1871～81年のあいだ、毎年夏の数か月をそこで過ごしたのは、いうまでもないがロンドンの粉塵を避け、健康被害を少なくするためだった。のちにビアトリクスは当時のことを思い起こし、ボルトン・ガーデンズを〈好きになれない生誕地〉[7]といい、それとは対照的にダルガイズ・ハウスを〈美しき懐かしのわが家〉[8]と日記に書きとめている。

　ビアトリクスは根はカントリーガールだった。ダルガイズ・ハウスは

騒々しいロンドンと違ってとても静かで、周辺の大気は澄みきっていて、ヴィクトリア朝の中心都市の泥や硫黄のまじった大気とはまるで違っていた。柔らかい針葉樹の葉で覆われた森には、太陽の光が斜めに差しこむ。想像力豊かな少女はその光景に歓喜した。〈森には不思議なやさしい人たちが住んでいる。18世紀の王族が樹木の生い茂る小道をわたしと散歩してくれたわ〉[9]。のちにビアトリクスは日記にそう書いている。ビアトリクスはダルガイズ・ハウスではほんとうに生き生きと、日々を楽しんでいた。

　厳しい大人の監視の目もゆるんだ。小道にも、生垣で四角に囲った花壇にも花があって、摘みたくなればいつでも摘むことができた。ビアトリクスは大好きなウィリアム・ギャスケル牧師がやってくると、玄関の踏み段にこしかけくつろいでいる牧師のもとへ跳んでいって出迎えた。そのときのことをビアトリクスはおぼえていて、のちに日記にも綴っている。〈パタパタと足音がする。アオバエがブンブン音をたてて小道を飛んでいく。プリント地のドレスに縞模様のストッキングをはいた小さな女の子が客のそばにピョンピョン跳びはねていって、シモツケソウの花束を差し出す〉[10]。これはおそらくロンドンでは許されなかったふるまいだろう。

　ポター一家が長期休暇を別荘ですごすために、使用人を引きつれてダルガイズ・ハウスへ行っていたころは、きっと年間を通して庭を管理する庭師がいて、バラの手入れや生垣の剪定をし、夏には好奇心旺盛な少女の質問に答えてくれたことだろう。入念に手入れされた鉢植えが並ぶ前で、父がビアトリクスと家庭教師を撮った写真がある。写真には庭師の姿は見えないが、腕前ははっきり見てとれる——手入れがゆきとどいていて、水やりもしてあり、それぞれの植物が最高に引き立つように配置されてもいる。

　ビアトリクスも自分だけの小さな庭をいくつかつくった。ちっぽけな土地を柵で囲って、庭いじりのまねごとをしたり、実際に手入れをしたりした。ビアトリクスがその庭をとても大切にしていたので、父親はひとりでダルガイズ・ハウスを訪れたときにも、娘の代わりに念入りに観察して、その様子を手紙で知らせていたほどである。〈かじゅえんの上のモミノキの下にある、おまえがままごとをしていたあの庭だがね。見にいってきた

ビアトリクスと弟バートラム（ダルガイズ・ハウスにて撮影、1876年頃）

ビアトリクスと家庭教師の
マデリン・デイヴィッド(ダ
ルガイズ・ハウスにて撮影、
1878年)

が、ざんねんながらウシにふみあらされ、おまえが立てた小さな杭はひっくりかえっていたよ〉[11]。

　ポター家はそのほか父方の祖父母の屋敷、カムフィールド・プレイスをたびたび訪れた。祖父母のジェシー・プロンプトンとエドマンド・ポター夫妻は、ビアトリクスが生まれた年に、ロンドン北部の田園地帯のハートフォードシャーにある300エーカーの屋敷を購入した。それ以来、ビアトリクスにとってこの屋敷は、いつも心の拠となった。カムフィールド・プレイスでは、〈大好きなお祖母さま、世界中でいちばん好きな場所、穏やかで心地いい風など、子どものころ、わたしをとっても幸せな気持ちにさせ

ビアトリクスの父と祖父（カムフィールド・プレイスのテラスにて撮影、1883年）

たものすべてが、現実と想像の世界で密接につながっている〉[12]。ビアトリクスは日記にそう書いている。

　またカムフィールド・プレイスでは、ビアトリクスは庭で遅くまで遊んでいることができた。帰る時間を知らせる半鐘がけたたましく鳴りだしてから家へ帰ればよかった。春には大きな土手にツツジの花が咲き、中世風

カムフィールド・プレイスのテラスからの眺め（水彩、1884年）

　の人造の洞穴を隠す。中にくぼみのあるニレノキは、のぼっていって小鳥の巣を探すには最適の木だった。菜園の煉瓦塀には、1本の黄色いバラがしなやかな果樹に寄りそうようにして伸びていた。祖父のエドマンド・ポターは15人もの庭師を雇って、垣根をめぐらした菜園や、観賞用の花壇のほかに温室もある広大な庭園の管理をさせていた。ビアトリクスは幼い子どものころに接したこうした田園風景のおかげで、もうひとりの芸術家「ケイパビリティ・ブラウン」の技を知ることになる。
　ランスロット・ブラウン、通称ケイパビリティ・ブラウン（「可能性を追求する庭師」と自称したことに由来する）は、18世紀イングランドの最高の造園家だった。魅力的な人柄で気さくなブラウンは、田園地帯の"可能性"を最大限に活かすことのできる造園家のスーパースターだった。イングランドが顔だとすれば、ブラウンは形成外科医だったといえるだろう。

32　第Ⅰ部 🍂 園芸家としての人生

カムフィールド・プレイスの庭のレバノンスギ(ペンとインク、日付なし)。
この絵はのちに『妖精のキャラバン』に使用された。

例えばブラウンの手術はこんなふうだった。従来の慣習にとらわれず、遊歩道やパルテールという装飾花壇を取りのぞき、大規模に土を移動して、丘をつくったり、土を掘って谷をつくったり、小川を堰き止めて噴水をつくったりする。またこれらの作業をすべて産業革命前のように、人の手と昔ながらの馬力を使って行なった。

　ブラウンはマナー・ハウスの庭づくりを頼まれると、たいていは、まず庭の芝生をきれいに刈りこみ、敷地を見渡すかぎり牧歌的な風景が広がるようにする。広い帯状の歩道に沿って、芝生や優雅な樹木や装飾用に育てた植物を植え、庭を樹木で彩る。ビアトリクスがカムフィールド・プレイスで遊んでいたころには、それらの樹木は成熟した林になっていた。レバノンスギはとくに人気があった。〈野生のパセリや雑草などの夏の植物とまじりあって、レバノンスギが地面に枝を垂れている〉[13]。そこは子どものビアトリクスにとってさぞかし素晴らしい砦だっただろう。

どんな様式の庭を好むかは変わるものだが、ビアトリクスはのちにカム
フィールド・プレイスを大好きなところとして、邸内の樹木や景色ととも
に思い起こしている。〈上流社会ではケイパビリティ・ブラウン様式を真似
するのが慣習となっているのは確かだわ。でも、もしもここがその優れた
腕を示す適切な例だというのなら、わたしはそうは思わない〉[14]。ビアト
リクスは決して様式に固執しなかった。

　ビアトリクスは自分が生まれたサウス・ケンジントンの家、夏の家のダ
ルガイズ・ハウス、そしてカムフィールド・プレイスの三脚の椅子に腰か
けて、心のなかでせっせと園芸家になる夢をふくらませていた。ところが
1882年、ビアトリクスが16歳になったとき、父がふいにダルガイズ・ハ
ウスはもう借りられなくなったと告げた。青春の真只中で揺れていたビア
トリクスは、〈あの夏の家はわたしが子どもらしい日々を過ごした、ごくわ
ずかな思い出の地なのに！〉[15]と思わず叫んでいた。しかし、ダルガイズ・
ハウスを失ったビアトリクスは、それに代わる新たなものを探すことにな
る。

2. 分枝期

ビアトリクス・ポターはありのままの自分でいることが簡単ではなかった。もともと内気な性格ゆえに、青春期のごく一般的な悩みをいっそう深刻に感じた。〈わたしはまるで応接室に通された牛みたい〉[1]。友だちづきあいが下手だったビアトリクスはそう言って嘆いている。従姉たちをはじめ、同世代の少女たちは社交を楽しんでいるのに、ビアトリクスは人前に出るとまごついてしまう。弟のバートラムは寄宿学校に入ったが、ビアトリクスは学校に通うことはなかった。また軽いめまいや頭痛にたびたび悩まされた。風邪やインフルエンザにも苦しんだ。健康問題でもっとも深刻だったのはリウマチ熱である。また、母親は気むずかしく、父親は気まぐれだった。要するに当時のビアトリクスはいろいろと悩みを抱えていた。

そこでまた絵筆とペンを持って奮闘することになる。〈わたしはじっとなんてしていられない。どんなにできばえが悪くても、絵を描かないではいられない。体の具合が悪くてひどく苦しいときほど、描きたい気持ちがいっそう募り、奇妙どころか、とても気味の悪いものを描いていることがある〉[2]。そんな日々の様子を日記に綴っている。この日記は15歳のときに自分で考案した暗号で書きはじめたもので、さらにつづけてこんなことを書いている。〈ふと気づいたら、わたしは裏庭で残飯入れを入念に描き、うっとり見とれていた。あのときは思わず吹きだして、くるっと向きを変えてしまった〉[2]

日記にはまた、ある避暑地で夏を過ごし、やがてその地を離れるといったライフスタイルが綴られている。ポター家は3か月から5か月にもおよ

植物を保護するための苗床のある庭の習作（鉛筆と水彩、日付なし）

ぶ長い夏の休暇を10年以上もダルガイズ・ハウスで過ごしたが、その後20年間は避暑地を転々と替えていたようだ。例えば湖水地方では5か所で暮らしている。数年間は、年老いた祖父母が暮らすカムフィールド・プレイスの近くのハートフォードシャーに家を借りている。父ルパートはスコットランドのことも忘れてはいなかった。ダンケルドやその近郊でも別荘を借りている。またロンドンの媒煙やボルトン・ガーデンズ2番地での汚れをすっかり落とすために、毎年春にも数週間、海辺へ旅をしている。そのためにビアトリクスは自分は根なし草だという感情を持ちつづけることになる。

　ルパートはダルガイズで別荘を借りられなくなった最初の年、湖水地方を避暑地に選んだ。そこは明らかに魅力的な場所だった。スコットランドと類似する点があったのである。雨が多く高地の景色が雄大なのはいうまでもないが、素晴らしい釣り場がある点も似ていた。湖水地方は避暑地として人気の場所だった。ロンドンやマンチェスターに住む親類も、湖水地方を避暑地に適した場所であることを認め、夏をそこで過ごした。クロン

36　第Ⅰ部　園芸家としての人生

リウマチ熱のため髪を短く刈っていたビアトリクスと、ペットのヤマネのシャリファ（1885年）

2 分枝期　37

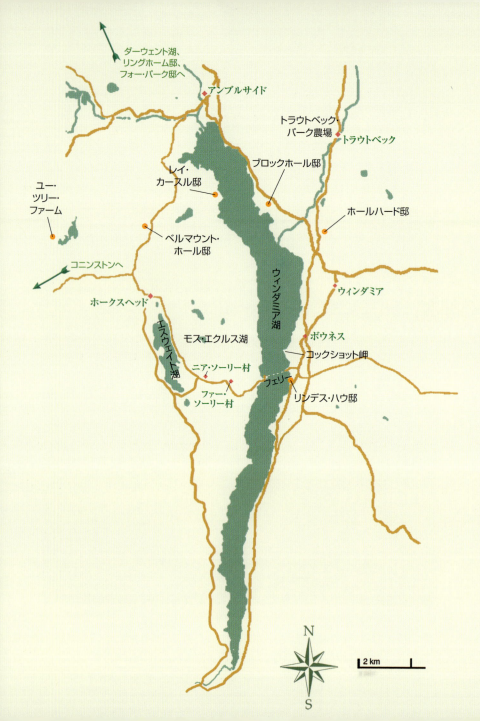

レイ・カースル邸でのポター一家とスパニエル犬のスポット（1882年）

プトン湖のほとりに住む曾祖父は、かつてコニストン湖に近いサザン・レイクスに屋敷を持っていた。

　ポター一家は使用人をつれてウィンダミアで列車を降りると、湖の対岸のレイ・カースル邸へ向かう。そこはクラシック様式の落ち着いたファサードのあるボルトン・ガーデンズの家やダルガイズ・ハウスとは違い、

◀左頁：ビアトリクスが過ごしていた当時の湖水地方

左からルパート・ポター、イーディスとハードウィック・ローンズリー牧師夫妻、
その息子のノエル、ビアトリクス（1887年）

　ネオゴシック様式を混合して1840年代に建てられた大邸宅で、屋敷には
銃眼を設けた塔と絵のように美しい庭があった。
　ビアトリクスが湖水地方で田舎暮らしをしたのは、レイ・カースル邸で
夏を過ごしたのが初めてだった。8月のある土曜日、ビアトリクスは邸か
ら2キロほど離れてはいるが、それでもいちばん近い市場町ホークスヘッ
ドまでひとりで散歩に出かけたときのことを、日記にこう記している。〈冒
険の連続だった。しょっちゅう迷って、三度も道を聞いた。またどの農場
でもコリー犬に吠えられて驚いた。「踏み越し段」では立ち往生し、一度は
牛に追いかけられた〉[3]。思いがけなくこうしたへまをしたおかげで、ビア
トリクスは柵で囲った牧草地や干し草畑、灰色の家屋が織りなす、まるで
パッチワークのような小さく区切られた農地を知ることになる。農地の公

ホークスヘッドの景色（鉛筆と水彩、日付なし）

　道は昔からだれでも通行できるようになっているが、ときにはスレート塀や生垣で閉ざされていることもある。その場合はたいてい垣根を越えるために、はしご状の「踏み越し段」がつくってある。これは人間には越えられるが、家畜には越えられないようにできている。また標識のない牧草地に小道が入りこんでいるところもあり、そこで通行人と家畜がばったり出会ったら、よりびっくりするのはどっちかといえば、まあ五分五分といったところ。

　ビアトリクスに散策を勧めたのは、レイ・カースル邸の隣人で、地元教会の聖堂参事会会員のハードウィック・ローンズリー牧師だった。牧師は多くの散歩道を勧めてくれたが、公道はそのうちのひとつである。ローンズリー牧師は有言実行の人物で、体中から熱意がほとばしり出ていた。そ

2 分枝期　*41*

んな牧師が思春期の内気なビアトリクスにとってはきっと純粋な喜びを感じさせてくれる人物だったのだろう。ローンズリー牧師と妻のイーディスがポター家を訪れたことで、両家は親しいつきあいをするようになり、その後もずっとその関係はつづく。牧師が情熱を注いだもののひとつが、湖水地方の景観の保護というスケールの大きなものだった。ローンズリー牧師は、湖水地方の自然を守る会の会長として、のちには湖水地方の自然や史跡の保護を推進するための民間団体、ナショナル・トラストの共同設立者として、じつに粘り強く運動を推し進める。〈ローンズリー牧師はやってくると、「自らが倒れるまで」ナショナル・トラストの理念を説きつづける〉[4]。これはやがてビアトリクスの理念にもなる。

　家族で出かけた長旅のあいだに、ビアトリクスは新しい視点で庭の魅力を意識しはじめる。父親が娘にカメラをあたえ、写真の手ほどきをしたのである。ふたりの写真には、風景や意図して設けた空間が多い。ソールズベリーでは、ビアトリクスは大聖堂の境内に感嘆し、日記にこんなことを綴っている。〈立派なニレノキや青々とした草地、赤い煉瓦造りの古い家があり、庭にはグーズベリーやヨウナシの花が咲いている〉[5]。何年ものちにビアトリクスは、自分の庭にもグーズベリーとアカスグリ（どちらもスグリ属）とツバキを植えることになる。またビアトリクスはこうした散策中に目にした鉄製の門や、「人生は歩く影にすぎない」というマクベスの名台詞が刻まれた日時計にも感嘆の声を上げる。さらにホワイトハートでとった昼食について、日記にこんな感想を綴っている。〈お勘定にくらべて、お料理はたいしたものではなかった〉[5]。

　ビアトリクスは訪れた庭をしだいに批判的な目で見るようになる。コーンウォール沿岸の谷間の庭について、こんなふうに書いている。〈これまでに見た風景式造園のなかでは、ここがもっとも成功したみごとな例だけれど、まるで絵に描いた庭みたい〉[6]。また熱帯植物や木生シダなどに興味をそそられはするものの、それらは〈昔ながらの英国の庭にはそぐわないと

▶右頁：クロフサスグリ（ペンとインクと水彩、1905年頃）

花の庭(ペン・インク・鉛筆・水彩、日付なし)

感じる。箱形に縁どった花壇もなければ、こぎれいな煉瓦塀を背景にニオイアラセイトウやクリンザクラの香りがただよってくることもない〉[6]。

　旅のおかげで、ビアトリクスは植物をいっそう深く知ろうとするようになる。ポター家の祖母からの贈りもの、ジョン・E・サワビー著の『英国の野花(*British Wild Flowers*)』を参照し、さまざまな植物と思いがけない出会いがあると、それをきちんと記録するようになる。ある旅でハマカンザシや地面を這う小さなヤナギ、斑入りの葉を持つランを見つけたときは、詳細に記録している。それぞれの生育場所を記載し、異なる生育環境を比較している。〈シダに関しては、内陸部へ行けば行くほど、デヴォンシャーでよく見られる一般的な種のシダに似てくる〉[7]。またシーズンの終

44　第Ⅰ部　園芸家としての人生

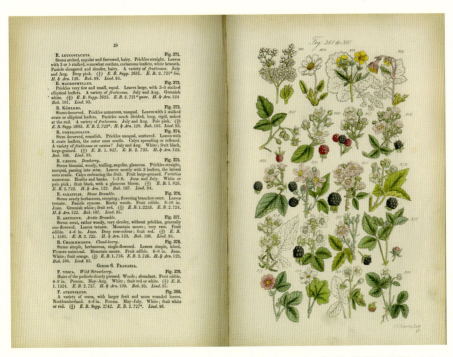

ジョン・E・サワビー著『英国の野花』より、
クロイチゴとイチゴの図版（1882 年）

わりごろに珍しい花が咲いているのを見つけたときには、こんなことを書きとめている。〈湿原は文字通り干上がっていた。香りのいいヤチヤナギのあいだを歩いて、葉の細長いモウセンゴケを探していると、まるで真紅の絨毯のようにモウセンゴケが黒い泥土を一面に覆っている場所に出た〉[8]。

　植物学はもともとビアトリクスが関心を持っていた博物学の一部で、二十代には急速に植物学に惹かれるようになる。また昆虫を採ったり、土を掘って化石を探したり、古代ローマ時代の考古学的遺物を絵に描いたり、もちろん動物をじっくり観察したりといったことにも真剣に取りくんだ。ビアトリクスとバートラムは、死んだペットを剥製標本にしていたこ

2 分枝期　45

博物学の研究課題のために描いた習作（リトグラフ、1896年）

とが知られている（ビアトリクスの日記が初めて出版されたとき、ロンドンの『タイムズ』紙は、「ビアトリス・ポター：リスを煮つめる」という見出しをつけて、日記の話を伝えている）。この時代になって初めて、科学——地理学、植物学、生物学、化学——がそれぞれに分かれて、学問的な専門分野が確立するようになる。それ以前のダーウィンは、自然淘汰説を展開するために、霊長類とともに、ランやフジツボ、鳥や地虫、蔓植物もいっしょくたに研究していた。

ビアトリクスがとくに夢中になったのは菌類だった。1883〜97年、ビアトリクスは時間の大半をキノコや地衣類などを研究したり、それらの絵を描いたりして過ごしている。父のルパートが休暇の滞在先に選んだ、湿気が多くて緑豊かな田園地帯は菌類が豊富だった。

ビアトリクスはスコットランドの郵便配達人など、思いもよらないところから刺激を受けた。ダンケルドで郵便配達人をしていたチャールズ

(チャーリー)・マッキントッシュは、「パースの博物学者」としてよく知られていたが、まったく学者らしくなかった。ぼそぼそとつぶやくように話し、服装は地味、態度も頼りなげだった。しかしビアトリクスは日記にこう記している。〈あの方は博識で、まさに博物学の大家。学名をひけらかすだけの知ったかぶりの造園家とはまるでちがう〉[9]。マッキントッシュは郵便の集配で歩く何キロもの道を素晴らしい戸外の実験場にしていた。〈後任の郵便配達人は三輪自転車を持っている。自転車に乗れば移動は楽になるし、時間の節約にはなるけれど、現代の習慣や機械は個人の才能を伸ばしたり、博物学史の研究をするのには役立たない〉[10]。マッキントッシュに紹介されたとき、ビアトリクスがキノコの発芽の様子を描いた画集を見せると、マッキントッシュはとても気に入った様子だった。そのときのことをビアトリクスは、日記にこう書き残している。〈植物学上、重要なこまかい点を的確に取り上げて、絵を評価してくださった。あの方の意見はほんとうにありがたい。それほど知識もないのに知ったかぶりをする批評家の意見とはくらべようもない〉[11]。その後ふたりのあいだには実り多い文通がつづく。一日に二度配達される郵便で、手紙や絵や標本を交換しあう。あるときビアトリクスはマッキントッシュから送られてきた標本について、手紙にこんなことを書いている。〈アガリクス・ヴァリアビリス(ハラタケ属)はパンジーといってもいいくらいですね。とても美しいし……模写できてほんとうに幸せです。それに、なんてきれいな色をしているのでしょう〉[12]。

　ビアトリクスは標本についてマッキントッシュと手紙で議論するときは、必ず学名を使っている。つまり植物学の世界にもビアトリクスが日々の生活で接するような階級差別に似た格付けがあったのだ。ビアトリクスは博物学の研究では脇目もふらず、もっぱら菌類の研究に集中した。日記にこんなことを書いている。〈わたしは星空をたびたび見上げるなんてことはしない。星を見ていると気分が悪くなる。名前を調べて分類しなくちゃいけない菌類がごまんとあるのだもの。それだけで十分〉[13]。ビアトリクスは菌類をきわめるつもりでいた。

博物学者で郵便配達人のチャールズ（チャーリー）・マッキントッシュ。
十代の頃、左手を製材所の事故で損傷（撮影年不詳）

キノコ（鉛筆と水彩、日付なし）

そこで菌類の生育過程の研究に没頭する。勉強部屋を植物研究所に変えて、40〜50種類の胞子を発芽させ、顕微鏡で観察しては必ずスケッチした。胞子のコレクションについては、自然史博物館に意見を求めた。そんなビアトリクスの研究に関心を寄せたのが父の妹、ルーシーの夫で、化学の発展に寄与したとしてナイトの称号をもつ叔父のサー・ヘンリー・ロスコウだった。ヘンリー叔父はビアトリクスをキュー王立植物園へつれていき、専門家に引き合わせた。ところが意外にもその応対はじつに冷やかだった。ビアトリクス・ポターは資格をもたないアマチュア。さらに悪いことに、30歳近くにもなってまだ独身だった。

　それでもビアトリクスはキュー王立植物園へせっせと通った。そんなある日、ひとりの植物学者が植物標本の研究室で胞子を培養させているのを目にする。そのときのことを、日記にこう記している。〈あの植物学者はいくつかの発育段階を経て、きっと自分自身もキノコになってしまったのよ。わたしもそう。ときどきキノコになりたいと思うわ〉[14]。またべつの日には、キュー王立植物園の園長や副園長と意見が対立する。〈自分の意見を述べるのは悪いことではないわ。それが単なる意見なのか、観察の結果なのかがはっきりしているかぎりは。実際に自分で植物を育てたこともないのに、標本だけで理論を組み立てる人もいるけど〉[15]。ビアトリクスはキノコを育てることで自分も成長していた。

　このようなビアトリクスの研究態度を見て、すっかり納得したヘンリー叔父は、ビアトリクスが実験結果をまとめ、学術論文として通用するものに仕上げるのを手伝った。ビアトリクスはこの論文を「わたしの論文」と呼び、数か月にわたって何度もこの論文について日記のなかで言及している。当時、女性は一般に、ロンドン一の植物学会であるリンネ協会に受け入れてもらうことはできなかった。そこで、論文をリンネ協会へ持っていき、キュー王立植物園の会員のひとりとして論文を代読したのはヘンリー叔父だった。ところが論文は出版できる代物ではない、さらなる研究が必要と判断された。ビアトリクスは論文を取り下げ、日記では以後この件についていっさいふれていない。またその論文自体も見つかっておらず、リ

50　　第Ⅰ部 ◆ 園芸家としての人生

キュー王立植物園の植物標本館（1890年頃）

ンネ協会の議事録にも記載がない。現在わたしたちが知ることができるのは、「ハラタケ属の胞子の発芽について」という論文の表題だけである。ビアトリクスの植物学に関する科学的探究はほぼここで終わる。以後、日記も書かれていない。

　ビアトリクスにとって将来ほかの道に進もうと思えば、それは簡単なことだった。ヴィクトリア時代、植物学の本の挿絵画家には女性が多くいたが、ビアトリクスもキュー王立植物園か、あるいはリンネ協会からもっと激励されていれば、そうした女性にまじって植物の絵を描いていたかもしれない。本人もそれを感じていただろう。だが、従姉のイーディス・ガッダムの10歳の息子ウォルターには、こんな手紙を書いている。〈わたしはこれまでいっしょうけんめいキノコの絵を描いてきたわ。いつか本になると思う。でも、それはきっと退屈な本でしょうね〉[16]。

　それでもキノコの絵を大切に保管し、その後何年にもわたって特別な客

森のキノコ（鉛筆と水彩、日付なし）

だけにそれらの絵を見せている[17]。また保管用の紙ばさみをつくって、薄い綿布で裏打ちしたキャラコのカバーをかけ、きれいなひもで念入りに結わえている。死ぬまでには絵はきっと評価され、博物館に所蔵されると確信していたのだろう。ビアトリクスの死後、菌類学者のW・P・K・フィンドリーが *Wayside and Woodland Fungi* という著書の挿絵として、ビアトリクスの絵を使っているが、この本はキノコにもビアトリクス・ポターにも関心のない人にはきっと退屈だろう。

3. 開花期

しっかり剪定した木にとつぜん花が咲くことがある。三十代で未婚、頭は良くて頑固。そんなビアトリクスは心に大きな夢を秘めていた。なにか注目に値することをしたいと思っていた。両親が年老いたとき、招待状を送ったり、食事のメニューを考えたり、家庭を切りもりするといったことのほかになにかしたかった。ビアトリクスはすでに物語をいくつも書き上げていた。非常に科学的な目でキノコの発達段階などを観察しながらも、頭のなかでは湖水地方に生える一群のキノコを想い描いていた。〈はるか下の草むらや、葉っぱの陰では、キノコたちが歌ったり踊ったり跳ねたりしている。また迷子になったネズミやコウモリたちが鳴いている。あの声を聞きわけられない人もいるけど、こうして丘の上にすわっているわたしには、ネズミやコウモリたちのことがよくわかる〉[1]。

1896年の夏に家族がたまたま避暑地に選んだソーリー村に初めて滞在したとき、ビアトリクスはこんなことを書きとめている。陸の孤島のようなレイ・カースル邸と違って、ソーリー村に借りた夏の別荘、レイクフィールド邸［1902年にイーズ・ワイクと改称］は広い芝地のある大通りから引っ込んではいるものの、村の一画にある。ビアトリクスはこの夏の別荘で、対岸まで見渡せる小さくてとても美しいエスウェイト湖を背景にして、庭の水彩画を描いている。

そのとき目にしていたのはこんな光景だった。穏やかなサザン・レイクスに降りそそぐ一筋の美しい光は湖面によって和らげられ、高地によってさえぎられる。天候は雨が多くて、変わりやすい。空には移ろっては姿を

変える雲がかかっていて、湖面にかかる朝霧は太陽が昇ると薄いピンクになる。ハリエニシダやヒースが密生する湿地の匂いには、畑の匂いや刈り取ったばかりの干し草、施したばかりの堆肥の匂いがまじっている。

　ビアトリクスは小馬に引かせた馬車に乗って、ひとりで散歩することもあれば、弟のバートラムといっしょに出かけることもあった。そんなときのことを日記にこう記している。〈わたしたちは不法侵入だと気づいていていたけれど、大気も牧草もとても心地よかった〉[2]。ビアトリクスはホウセンカなどの野生の植物の種を採集すると、船着き場まで行き、湖面に反射する光を受けながら村のほうへもどった。またホークスヘッドの農産物品評会に行ったときには、日記にこんなことを書いている。〈わたしたちがもらったのは、どこにでもあるようなカブに対する賞だけだった。庭師のジェイムズ・ロジャーサンは、あんな小さなカブに賞をくれるとは侮辱されたも同然と思ったようだ〉[3]。

　スレート瓦の家が並ぶ道を散策するうちに、ビアトリクスは地元の人と知り合いになり、村人たちの小さな花壇の素晴らしさに見とれる。そして〈わたしがこれまでに滞在した場所のなかでソーリー村ほど完璧に近いところはない。昔かたぎのとっても素敵な人たちが住んでいる〉[4]と感嘆の声をあげている。

　湖水地方のこの理想的な場所にビアトリクスが小さな花壇を持つのは、それから十年後のことである。

　創造力豊かな多くの人がそうであるように、ビアトリクスの着想と表現力が最大限に花開くときがきた。ビアトリクスにとって1890年代がそうした時期のひとつだった。キノコの発芽について研究するかたわら、バートラムとヘンリー叔父に協力してもらって描いた何枚かの絵がホリデーカードと本の挿絵として使われたのだ。またビアトリクスは子どもたちのために——といっても、特定の子どもたちだけれど——動物や植物の挿絵を添えて物語を書きはじめた。

▶右頁：レイクフィールド邸の庭（ペンとインクと水彩、1900年頃）

Windermere.

小馬に引かせた軽四輪馬車で出かけるビアトリクス
(ルパート・ポター撮影、1889年)

　ビアトリクスの最後の家庭教師で、年齢はわずか3歳しかちがわないアニー・カーターは、土木技師のエドウィン・ムーアと結婚して、当時ロンドンの南西部の住宅地、ウォンズワースに住んでいた。とりわけ子どもたちに関心を持っていたビアトリクスは、ロンドンにいるときはたびたび

◀左頁：ウィンダミアの風景（鉛筆と水彩、日付なし）

3 開花期　57

ビアトリクスと弟バートラムと父ルパート・ポター（1892年）

ムーア家を訪れ、ロンドンを離れたときには子どもたちにせっせと手紙を書いた。手紙はすべて絵手紙で、自作の物語や旅先の話にペンとインクでさっと描いた挿絵をつけた。こうして現実の子どもを対象にして話を書くことで、ビアトリクスの活発な空想力はかき立てられた。

　1892年4月に、ファルマスからアニー・ムーアの息子で4歳のノエルに宛てた最初の手紙に、ビアトリクスはこんなことを書いている。〈わたしはいま汽車ポッポにのって、とおいとおいコーンウォールへやってきたところよ。ここはとってもあつくて、お庭にはヤシの木があるわ。それからかだんには、クサボケやツツジがさいていて、とってもきれいなの〉5)。翌年の4月にもまたビアトリクスはファルマスからノエルに手紙を書いてい

58　第Ⅰ部　園芸家としての人生

る。〈ちいさな男の子をつれた男性がせなかにかごをのせたかわいいラバ
をつれて、かいそうをとっているのをみたわ。庭までかいそうをはこんで、
ひりょうをつくるのね。ひりょうがキャベツを大きくしてくれるのよ〉[6]。
こうしたビアトリクスの手紙のなかで、その年の9月にスコットランドの
イーストウッドからノエルに宛てた手紙が、のちにもっともよく知られる
ことになる。その手紙でビアトリクスは、モミノキの根元の砂穴で母さん
ウサギと暮らす子ウサギたち、フロプシー、モプシー、カトンテール、ピー
ターを紹介している。息子に描いてもらった、こうした絵手紙を1冊の本
にまとめて出版してはどうかと提案したのは、信頼できる友、アニー・
ムーアだった。そこでビアトリクスは手紙を返してもらい、それを模写し
て絵を描き加え、『ピーターラビットとマグレガーさんのにわ』というタイ
トルをつけた。

　原稿を適当なルートを通じて出版社に送る手助けをしたのは、レイ・
カースル邸で夏をすごしていた当時からの友人で、湖水地方の保護運動の
先導者だったハードウィック・ローンズリー牧師だった。しかしどの出版
社からも次々に断り状が届く。ついにあきらめたビアトリクスはタイトル
を短くする。そして『ピーターラビットのおはなし』に変えて、自費出版
することにした。1901年12月16日付の白黒印刷の初版、250部はすべ
て売りきれた。そこで翌年2月に200部を増刷。そのあいだにフレデリッ
ク・ウォーン社が考えなおし、挿絵をカラー刷りにして、本の出版を引き
受けると言ってきた。こうして1902年に『ピーターラビットのおはなし』
は出版された。

　この物語は森を舞台にしてはじまる。森で母さんウサギが子どもたちに
クロイチゴを採ってくるようにという。素直な娘たちは少々退屈していた
のか、かごとT字形の棒切れを持って、やぶのなかでクロイチゴをきれい
に摘みとる。しかしこのおはなしの中心は、いまやすっかり有名になった
マグレガーさんの庭にしのびこむ、青い上着のピーターラビットである。

▶60〜61頁：ノエル・ムーアに宛てた絵手紙の一部（1892年）

Felmouth Hotel
Falmouth
March 11th 92

My dear Noel.

Thank you for your
very interesting letter, which you
sent me a long time ago.
I have come a very long way
in a puff-puff 
to a place in Cornwall, where it
is very hot, and there are
palm trees in the gardens + camellias
+ rhododendrons in flower which are
very pretty.

This is a pussy
I saw looking for
fish —

These are two little
dogs that live in
the hotel, + two tame

sea gulls
+ a great many

cocks + hens in
the garden.

I am going today to a place called the Lizard
so I have no time to draw any more pictures,
+ I remain yours affectionately
Beatrix Potter.

庭はどうやらマグレガーさんの雇い主のもののようだ。まずは泥土のなかでひざをついて作業をするもじゃもじゃひげのマグレガーさんと、先のとがった穴掘り器、さらに底に鋲釘を打った靴に注目してほしい。次にそれらをマグレガーさんの仕事場である庭とくらべてみよう。庭は高い塀に囲まれていて、なかには大きな箱型の花壇と金魚の池まである。マグレガーさんはきっとこの庭と、種や園芸用具を収納する納屋の管理人なのだろう。マグレガーさんには立派すぎる庭だ。マグレガーさんと「うさぎパイ」の下ごしらえをするマグレガーさんの奥さんも、この屋敷の所有者ではなくて管理人として、この屋敷のなかの小さなコテージに住んでいるだけらしい。ビアトリクスは、物語の展開が読めるように、言葉でも絵でもできるかぎり効果的に描き、むだな表現は避けている。

　『ピーターラビットのおはなし』は感情に左右されず淡々と描かれている。登場する庭も感傷的な描き方はされていない。ビアトリクスは上流階級の象徴のひとつである白い手袋を脱いで、1頁めから辛らつに描いている。ピーターラビットの愚かな父親は妻の忠告を無視して、最後にはマグレガーさんの食卓のパイになってしまう。多くの庭に出没するウサギは、ポターの作品に登場するピーターやベンジャミンなどと同じく、ペットではない。ただし、ビアトリクスが罠にかかった野ウサギを放した逸話はよく知られていて、ビアトリクスははっきりこう言っている。〈野ウサギは庭に害を与える動物だけれど、だからといって人間が自分たちの都合で動物を手荒に扱ってもいいってことにはならないわ。［野ウサギを逃がしてしまうとはけしからんといって］パパは腹を立て、罠を引きぬいてしまった。でも、わたしは人間のしていることのほうが……不当だと思うわ〉[7]。

　ポター家が長年借りた田舎の別荘には庭師がいたが、どの庭師も動物保護の立場はとらなかった。スコットランドとイングランドの境界付近の地域では、スコットランドの庭師のやり方が標準だった。スコットランドは他国にも名を知られる造園家や植物学者を何人も輩出したことで知られている。小説家のジョージ・エリオットは自著『アダム・ビード（*Adam Bede*）』のなかで、こんなことを書いている。〈フランス語の教師はパリっ

マグレガーさんとピーターラビット
(『ピーターラビットのおはなし』より)

子にかぎるように、庭師はスコットランド人にかぎる〉。

　『ピーターラビットのおはなし』に登場するマグレガーさんは、当時の庭師の典型で、ビアトリクスは実際にこうした庭師をよく知っていた。父が借りた田舎の別荘の所有者たちのように、祖父母も庭師を雇っていた。1894年、ビアトリクスはスコットランドのもうひとつの邸宅、レンネル・ハウスに滞在していたとき、庭の熟したサクランボにまつわる思い出として、こんなことを書いている。〈ミヤマガラスは人間にとても慣れているので、石を投げてもほとんど逃げない。ツグミはじっとしたままサクランボを見つめている。わたしがサクランボの房を少しずつ結わえて、小さなモスリンの袋をかぶせたり、雑草取りをしたりしたので、年老いた庭師は喜んでいた〉[8]。

　ビアトリクスにはもともとマグレガーという庭師の知り合いがいたわけではない。けれども〈ひげをはやした園芸家のなかには、「マグレガーさん」と呼ばれて腹を立てている人もいます〉[9]と手紙に書いている。マグレ

ガーさんとピーターは完全にビアトクスがつくりあげたキャラクターだと思われる。さらに手紙には、〈ふたりの名前はあれしかないと思ったのです〉9)と書いている。何十年も夏を別荘地で過ごしてきたビアトリクスは、その間に出会った庭師たちのことを書きとめている。おそらくそのうちの何人かを合成して、マグレガーという庭師を考えだしたのだろう。〈マグレガーさんのキャベツの植え方はぎこちないけど、それほど特別な話ではない。バーウィックシャーの庭師がよつんばいになって、馬車道の雑草をナイフで刈り取っているのを見たことがある〉10)と日記に綴っている。

　ビアトリクスは『ピーターラビットのおはなし』では、登場人物だけでなく、庭の様子も、自分自身が休暇をすごしたさまざまな別荘を想い起こして描いている。なかでも、ある屋敷からの影響がとくに大きい。〈もしも「マグレガーさんの」菜園と木戸のモデルがどこかにあったとすれば、たしかケズウィック近郊のリングホーム邸だったと思う。だけど風景造園家が邸内の庭を壊して新しく設計しなおし、散歩道をつくってしまったので、もうあそこへ行って探してもむだ〉11)。リングホーム邸は家族で夏を10回も過ごしているので、ビアトリクスはこの邸のことをよく知っていた。19世紀の大邸宅では、リングホーム邸のように菜園を塀で囲うのがごく一般的で、実用的な植物と庭の観賞用の花とが塀で仕切られていた。

　『ピーターラビットのおはなし』で、ピーターは木戸の下をくぐりぬけて菜園へ入っていく。そこにはいかにも実際にありそうな果物と野菜がいっしょに植えられている。ピーターの不法行為は、はじめは菜園に入るだけだが、たちまちひどく荒らしてしまう。ピーターがやんちゃをするのは初夏の庭で、そこには何列にもわたってサヤインゲンが植えられている。おかげで食べごろのレタスやニンジンやラディッシュの畑はちょうど日陰になっている。キャベツの苗は秋に収穫できるように、いま植え替えられているところで、熟したグーズベリーのまわりには、小鳥から守るために網が張りめぐらしてある。のちにこの網にピーターがひっかかってもがく陽気な場面が演出される。

　ビアトリクスはこの話を本として出版する契約書をフレデリック・

64　第Ⅰ部 ◢ 園芸家としての人生

ウォーン社と結んだとき、こんな心配をしている。〈カラー刷りにしても面白くはないでしょうね。登場人物の多くはウサギで、色といっても茶色がほとんど。ほかには緑色があるくらいですから〉[12]。しかしこの問題は花を描き加えることで解決した。納屋の外に、オレンジと黄色のキンレンカの花を描いた。ピーターは赤いゼラニウムの鉢を窓の敷居からひっくり返してしまう。かわいそうなゼラニウム！ ゼラニウムは花をたくさん咲かせるだけでなく、まだら模様の多彩な葉をつける。

　この作品が園芸上の事実にもとづいて語られているのは明らかである。〈食べすぎで、胸がむかむかしてきたピーターがパセリを探しにいく〉とき、ビアトリクスはピーターに、切り枝のいっぱい入った鉢の前で吐きそうな格好をさせている。枝はゼラニウムの枝のようだ。根は湿った砂利のなかに差しこんである。またそれらはきちんと整頓されていて、入念にラベルが貼ってある。また別の場面では、ピーターはキュウリの苗床（温床）のそばに立っている。苗床のなかにつくった深い穴では堆肥がつくられているのだろう。苗床のなかは、堆肥が分解する過程で土壌が熱せられ、ガラス越しに入る太陽光線が加わると、自家発熱による温室となる。苗床はキュウリなど、発育に長い期間を要する野菜を栽培するためのものである。当時のビアトリクスはまだ自分の庭を持っていなかったので、それまでに出会った園芸家たちからそうしたことを自然に学んでいたのは明らかだ。

　おはなしのなかのマグレガーさんの庭の納屋には、園芸用具が収納されている。ほうきや鍬や移植ごて、それから大きさの異なるさまざまな植木鉢もある。発芽用の小さなはめ輪や長い筒もある。植木鉢には縁飾りのあるものとないものがある。ふるいやじょうろ、熊手（レーキ）や鍬などの園芸用具が、ポター独特のスタイルで物語の背景をつくりだしている。ピーターはじょうろのなかに隠れるが、あいにくなかには水がいっぱい入っている。マグレガーさんはふるいをかぶせてピーターをつかまえようとするがうまくいかない。ふるいはもともと子ウサギを捕えるためではなく、培養土から大きな土の塊や石をふるいわけるのに使う園芸用具だ。

跳びはねて植木鉢をひっくり返すピーターラビット(『ピーターラビットのおはなし』より)

　菜園では、仕事にもどったマグレガーさんが穴掘り器を使い、ぎこちない手つきでキャベツの苗を植えている。それから鍬を取って、タマネギ畑を耕していく。ピーターはもっとよく見ようと、昔ながらの木製の手押し車によじのぼってなかに入る。マグレガーさんはピーターを追いかけようと熊手をつかむ。そしてピーターが上着をほうりだして逃げていくと、小さなカカシにそれを着せる。カカシは上着を着せても小鳥を追いはらうのにはあまり役立たないが、「続編」の設定には効果的である。
　『ピーターラビットのおはなし』は驚異的な成功を納めた。その結果ビアトリクスはその後、フレデリック・ウォーン社から毎年1、2冊のペースで続編を出版することになる。ある批評家が「ピーターラビット」は〈落ち葉と同様、秋の代名詞のようなもの〉[13]と述べたように、その後作品は毎年秋に出版される。『りすのナトキンのおはなし』では、木の葉が大活躍

66　第Ⅰ部　園芸家としての人生

ウサギを必死で探すマグレガーさん
(『ピーターラビットのおはなし』より)

する。リスたちはダーウェント湖のひとつの島へ行くのに、この島特有の木の葉を小舟代わりに使うのだ。

『りすのナトキンのおはなし』では、ブナノキ、オーク、サクラ、カバノキ、クラブアップル（野生のリンゴ）の木など、樹木がとりわけ目立つが、この作品は庭の話ではなくて森の話である。『グロースターの仕たて屋』は、都会の仕立て屋が舞台で、庭づくりとは関係ない。しかしネズミが手早く仕上げた刺繍にはとても美しい花模様が縫いこまれている。庭が再び登場するのは1904年出版の『ベンジャミン バニーのおはなし』からである。

ダーウェント湖畔のリングホーム邸の近くにあるフォー・パーク邸は、ポター家が1903年に夏の別荘として借りた家である。当時『ベンジャミン バニーのおはなし』の挿絵の制作に夢中になっていたビアトリクスは、

3 開花期 67

この屋敷の庭を熱心に描きはじめる。そのスケッチは、緻密なタッチで描かれ、この物語の挿絵にまさにぴったりだった。フォー・パーク邸の菜園には1本のヨウナシの木が垣根仕立てに植えられているところがあり、その部分が2匹のウサギの侵入口になる。その夏に咲いた斑入りのカーネーションは、マグレガーさんの庭を装飾する丈の長い植物として、またベンジャミンの上着の襟のボタンホールに差す飾り花としても登場する。庭には土壌が踏み固められるのを防ぐために、木製の橋が渡してある。子ウサギたちはその橋の上を歩く。菜園に干してあるタマネギは、庭をうろつく2匹のウサギの略奪品となる。ベンジャミンの父親で、ピーターのおじのベンジャミン氏は、この庭に入ってくるとき、「うさぎタバコ」をつめたパイプをくゆらせている。ビアトリクスによると、「うさぎタバコ」とは「わたしたちがラベンダーと呼んでいるもの」である。またビアトリクスは編集者に、この本は〈……ありふれた結末で〉[14]終わるよりも、ひとひねりしたハッピーエンドにしたいと言ったそうだ。このおはなしは、こんな言葉で終わっている。〈おかあさんうさぎは　タマネギをひもでゆわえ、やくそうやうさぎタバコといっしょにして　台所のてんじょうからつるしました〉。ビアトリクスにとって「うさぎタバコ」は、まずまず納得のゆく結びの言葉だったのだろう。

　この小さな絵本のおかげで、ビアトリクスは自分の殻から抜けだすことができた。またこの時期の手紙から、友人や従姉妹たちとの関係がより緊密になっていったことがわかる。版元のフレデリック・ウォーン社にたいしてもとても積極的だった。次に出版可能な新しい作品について、同社にこんな手紙を書いている。〈わたしはしゃれた花壇の設計はできませんけど、花の絵を描くのは好きです。まだお決めになっていなければ、あるいはわたしのためにお決めいただくのなら、この点をご了承いただいたうえで話を進めたいと存じます〉[15]。ビアトリクスに手を差しのべたウォーン社は家族経営の出版社で、一族は大家族で社交的だった。当時ウォーン社は創業者が亡くなり、同社にいたのはフルーイングとハロルドとノーマンの三兄弟だった。ビアトリクスの企画担当になったのは末の弟ノーマン

ダーウェント湖でスケッチするビアトリクス（1903年）

だったが、ビアトリクスはフルーイングやハロルドとも親しく言葉を交わすようになる。あるときビアトリクスは、ノーマンが姉のアメーリア（ミリー）と、未亡人の母親といっしょに暮らしているベドフォード・スクエア8番地の家に招待される。ミリーも母親も庭いじりが好きだったので、ビアトリクスに会えば、ふたりはきっと喜ぶだろう、とノーマンは思ったのだ。

　ビアトリクスは『ピーターラビットのおはなし』の出版後も、次の企画のためにときどきウォーン社を訪れるが、手紙でもノーマンとひんぱんに意見を交わすようになる。やがて手紙は茶目っ気たっぷりの優しい口調になっていく。ビアトリクスはノーマンに「カラスのジョニー」というあだ名をつけ、『2ひきのわるいねずみのおはなし』の主人公、ハンカ・マンカのためにノーマンがつくってくれた小さなガラス箱を見て喜んだ。また、

3 開花期　69

植木鉢や苗床や桶のあいだを警戒してすすむピーターとベンジャミン(『ベンジャミン バニーのおはなし』より)

◀ 左頁:植木鉢、苗床、桶のある庭の一角 (水彩、1903年)

家族とすごしていたドーセット海岸のライム・リージスでもノーマンに宛てて手紙を書いている。ピニーの小道のサクラソウに覆われた岸辺について、〈広い大地をはるか先までひとりで行けるかどうかわかりません。わたしにはいっしょに歩いてくださる方がいないのですもの〉[16]と述べ、ノーマンがどう助言してくれるかを面白がっている。さらにまた、まもなく出版予定の『ティギーおばさんのおはなし』について、〈わたしは本を書き終えたくありません。何年も先までつづけていたいです〉[17]と書いている。だが、このころすでにビアトリクスの心を占めていたのは本のことだけではなかったようだ。

3 開花期 71

赤いハンカチを今にも手からはなしそうなピーター(『ベンジャミン バニーのおはなし』より)

▶右頁：フォー・パーク邸のカーネーション(ペンとインクと水彩、1903年)

　1905年7月25日にノーマンから求婚の手紙を受けとったとき、ビアトリクスは自分の立場をジェイン・オースティンの『説きふせられて(*Persuasion*)』のアン・エリオットにたとえている[18]。社会における立場がオールドミスから、自分を大切にしてくれる人のいるフィアンセに一変したのだ。ところが、ああ、なんと両親が大反対。ノーマンはふさわしい相手ではないという。ノーマンは商人である。ポター家の祖先には綿産業の不振にあえいだ世代もあったが、ビアトリクスの父ルパート・ポターは不振からすっかり脱した世代である。ビアトリクスはノーマンからもらった指輪をはめていたが、ノーマンと話し合い、波風を立てないために、当分家族のほかには知らせないことにした。
　だがビアトリクスにとってハッピー・エンディングになるはずの人生は

ノーマン・ウォーン(左)とその兄姉たち。ノーマンのすぐ隣が姉のミリー
(撮影年不詳)

あっという間に終わった。ふたりで草木を育てるはずの庭が消えてしまった。婚約してちょうど1か月後に、突然ノーマン・ウォーンが白血病で亡くなったのだ。遺体はロンドンのハイゲート墓地に埋葬された。ビアトリクスはミリーといっしょに墓を訪れる。愛する人の死に直面するなど、悲しみがあまりにも大きいとき、人は意外にも細かいことが気になるものだ。ビアトリクスもノーマンの兄の妻に、こんな手紙を書いている。〈墓石はまたもとどおりにきれいになっております……モミノキの下では、草はあまり生えてこないでしょう。白いシュウメイギクなら、日陰のほうがよく育つのでしょうか。ミリーからお聞きしましたが、あなたさまはお庭にシュウメイギクを植えていらして、キクの習性をご存知とのことなので〉[19]。いまは亡きノーマンのためにビアトリクスにできることといえば、墓前に花を植えることだけだった。ビアトリクスはその後もずっと指輪を

けんめいに泳ぐジェレミー・フィッシャーどん（『ジェレミー・フィッシャーどんのおはなし』より）

はずさなかった。

　ノーマンが亡くなって数日後、ビアトリクスは亡き伯父のバートンの未亡人が暮らすノース・ウェールズのグウェニノグ邸へ急いで向かった。そこでの仕事はノーマンのきょうだいからの手紙と同じく心を癒してくれるものだった。ビアトリクスは『ティギーおばさんのおはなし』の校正を終えると、ジェレミー・フィッシャーと名付けたカエルの物語に取りかかり、ワスレナグサやスイレンなど描きこんだ挿絵の割付けを行なった。そのときハロルド・ウォーンにこんな手紙を書いている。〈カエルは好きじゃないという人がいるのはよく存じております。ですが、ノーマンは理解してくれていました。背景に花や水草をたくさんあしらって、とてもかわいい絵本に仕上げてみせます〉[20]。絵を描くこと、とくに庭の絵を描くことは心

ゆうごはんを食べにやってきた友だちを迎えるジェレミー・フィッシャーどん(『ジェレミー・フィッシャーどんのおはなし』より)

▶右頁：グウェニノグ邸の庭（鉛筆と水彩、1911年）

　　　　を癒すよい治療となった。
　　　グウェニノグ邸には大きな庭があった。この庭については、何年も前にビアトリクスはこんなふうに表現している。〈庭の3分の2は赤レンガの壁に囲まれていて、アンズの木がたくさんある。また灰色のリンゴの古木が垣根仕立てに内側に円を描くようにして植えられていて、実はたくさんなりそうだけれど、手入れされているとはいえない。それでもアカスグリの茂みに昔ながらのあざやかな花が咲いていて、最高にきれいな部類の庭に入ると思う〉[21]。この庭はのちに1909年に出版される『フロプシーのこどもたち』の背景になる。しかし最初のうちは、ビアトリクスのヒルトップ農場のデザインにそれほど大きな影響を与えてはいない。

76　第Ⅰ部　園芸家としての人生

4. 定着期

　ビアトリクスとノーマンは婚約したとき、『パイがふたつあったおはなし』という入り組んだ物語の制作を、ふたりで進めているところだった。そして挿絵にはソーリー村の周辺の花咲きみだれる美しい小さな庭園を描いた絵を使うつもりで、すでにビアトリクスはソーリー村で適当な物件を探していた。また結婚後は作家と編集者という立場から、住所はそのままロンドンに残しておくとしても、終の住処は湖水地方に持つつもりでいた。そこでビアトリクスはノーマンの死後2か月もたたないうちに、34エーカーのヒルトップ農場を購入した。資金は本の印税と、不足分は伯母の遺産をあてた。ビアトリクスにとってこれはまさに自立宣言であり、農場の新しい所有者になったことを誇らしく思っていた。ところが村人からは購入額が高すぎると苦情を言われた。

　ヒルトップ農場はニア・ソーリー村の奥の高台にあり、「タワー・バンク・アームズ」というパブから急カーブの小道をのぼった先にある。ソーリー村は、「ニア（近い）・ソーリー」と「ファー（遠い）・ソーリー」というふたつの小さな集落からなる村で、主要道路とウィルフィン・ベックという小川によって結ばれている。地名の由来にはときに矛盾点があるものだが、この村の名前もそうである。ビアトリクスの時代、この地を訪れる人たちの多くが降りたつフェリーの船着場からは、ファー・ソーリーよりもヒルトップ農場のあるニア・ソーリーのほうが遠かった。それなのに「ニア・ソーリー」というのは、村が名づけられた当時、村人にとってはより重要だったホークスヘッドという市場町に近かったからである。

78　第Ⅰ部 ■ 園芸家としての人生

お茶会の招待状を読むイヌのダッチェス
(『パイがふたつあったおはなし』より)

　ニア・ソーリーを通る主要道路は、ここを終点にすべきか、延長すべきかを決めかねたかのように分岐している。道路沿いに並ぶ建物のなかには、バックル・イートのようなコテージ（美しい前庭が『パイがふたつあったおはなし』のなかで重要な役割を演じる）や、バラの花がカーテンのように優美に垂れ下がる、パブのタワー・バンク・アームズなどもある。主要道路と直角に交わる長い小道は、オートミール・クラッグという岩の多い台地をのぼり、さらに山地の小さな湖のほうへ伸びている。ビアトリクスがニア・ソーリー村に住みついたころは、この小道には郵便局や地元の雑貨屋（のちに『「ジンジャーとピクルズや」のおはなし』で重要な役割を演じる）、ベル・グリーンという鍛冶屋の家など、さまざまなコテージがあった。またもうひとつ別の道路は、丘を下ってエスウェイト湖のほうへ

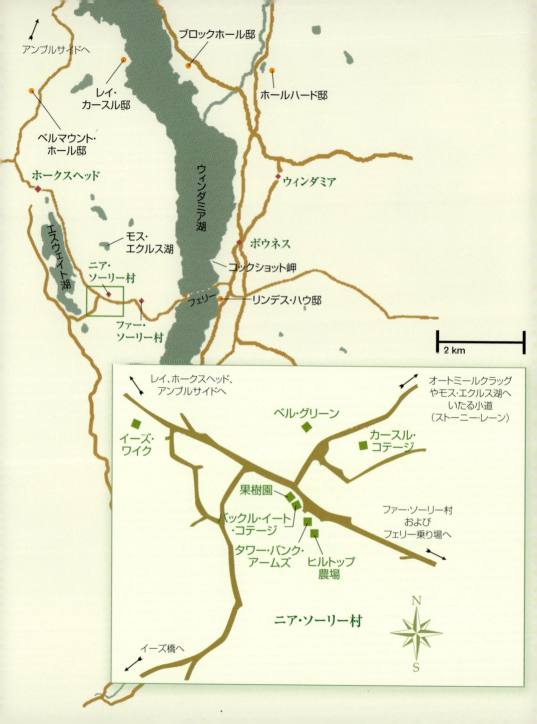

ニア・ソーリー村のバックル・イート・コテージの前庭
(ペンとインクと水彩、日付なし)

向かい、湖岸沿いのイーズ橋を渡ってホークスヘッドへもどってくる。ビアトリクスはエスウェイト湖について、こんなことを言っている。〈湖水地方でエスウェイト湖がいちばん美しい湖だと思うわ、と言うと、よく笑われた〉[1]。

◀ 左頁：ニア・ソーリー村と周辺地域

ビアトリクスは家族とともに夏の休暇をニア・ソーリー村で過ごしたことがあったので、ヒルトップ農場には適度に心を安らかにしてくれる癒しがあることを知っていた。またこの農場の世話をしていたジョン・キャノンとその家族のことも、ポター家の御者を下宿させてもらったことがあったので知っていた。そのときキャノンの誠実な人柄に強烈な印象を受けたビアトリクスは、いまはヒルトップ農場に借り住まいをしているキャノン一家に、そのまま農場の世話を頼むことにした。

　そこでまず考えたのは、庭をつくりなおして、家の一部にすることだった。古い収納家具や暖炉はネズミに荒らされないようにしなくてはいけないが、このコテージにはこうした古い物があるのがとても気に入っていた。またキャノン一家のために新しい棟を増築しても、コテージの魅力は保たれると思った。

　土いじりは悲しみを和らげてくれる。そこで気晴らしに庭づくりに取りかかった。まずは地元の石工を雇って、門から建物までの車道を玄関から離れた場所に移し、花壇や菜園の面積を広くした。そのとき庭づくりのよき相談相手となり、最初の客となったのは、ノーマンの姉のミリー・ウォーンだった。ビアトリクスはミリーにこんな手紙を書いている。〈庭は草ぼうぼうで雑然としています。今度あなたがいらっしゃるまでにはきちんと整理しておきますね。いま石工を雇って、散歩道と花壇をつくらせているところです。こんな作業をお客さまにやっていただくわけにはまいりませんもの！　ですが、いつかその成果をごらんいただければ大変うれしく思います〉[2]。

　そこで主庭に石だたみの小道をつけ、その長い小道の両脇に沿わせるようにして長くつづく花壇をつくることにした。そうはいってもやはり中心となるのは家屋である。そこでポーチ（張り出し玄関）には、厚いスレートを使って、訪問者がふと足をとめるほど立派な尖頭形のアーチをつけた。また隣のタワー・バンク・アームズからの視界をさえぎるために、庭に格

▶右頁：キンギョソウ（ペンとインクと水彩、1903 年頃）

ヒルトップの増築部分のスケッチ（鉛筆、日付なし）

子垣を長くつくった。一方、タワー・バンク・アームズとは反対側の花壇の背後はそのまま果樹園につながってしまいそうなので、グウェニノグ邸を想わせるような格子垣を花壇と果樹園のあいだに長く張りめぐらすことで、この問題を解決した。またかつて強風で庭が被害を受けたことがあったので、風の影響を受けない安全な避難所となる庭をつくることにした。そもそも「庭（ガーデン）」は「〜に囲まれている」という意味の言葉から生まれた語である。

　40年にわたって田舎の大邸宅とその庭での生活になじんできたビアトリクスが小規模なヒルトップ農場を買ったのは意外なことに思える。ビアトリクスが選んだのは、湖岸や高地の草原、段々畑の連なる壮大な台地など、雄大な風景が広がる大邸宅ではなくて、こぢんまりとした母屋や庭のある、働くための農場だった。1899年にウィンダミア湖の対岸のブロックホール邸に住みついた従姉夫妻のイーディスとウィリアム・ガッダムは、トーマス・モーソンという造園家に頼んで段々畑をつくらせ、植林をさせた。しかしビアトリクスはふたりとは対照的に、独自の道を選んだ。

　庭をつくるにあたっては、ヒルトップの敷地内にあった石や、アーツ・アンド・クラフツ様式に同調する地元の職人に頼んで集めた石を使った。

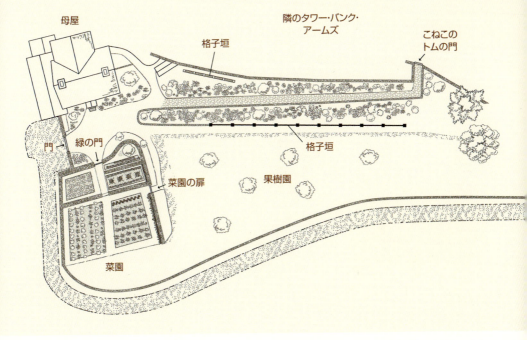

ヒルトップ農場の庭

　アーツ・アンド・クラフツ様式とは、ウィリアム・モリスが提唱した美術工芸運動から生まれた様式のひとつで、機械化が進む時代において、あえて手工業で作業を行なうことをよしとした。ビアトリクスは菜園を塀で囲い、細長い庭の左右に木製の格子垣を配して仕切りをつくってはいるが、庭は昔ながらの慣習にしたがったものではない。自然の庭づくりを目指す傾向にのっとり、球根を持つ耐寒性に優れた花や、花も咲けば実もなる低木、野菜もいっしょにまぜて植えた。ビアトリクスのこのコテージ・ガーデンは、19世紀の終わりから20世紀初頭に登場する、この時代独特の庭の部類に入る。ウィリアム・ロビンソンやガートルード・ジーキルなど、当時の風景式庭園の造園家は伝統的な素材を使い、まだあまり広まってい

グウェニノグ邸の庭の小道と格子垣（鉛筆、日付なし）

なかった密植栽培や、装飾用と食用植物の混合栽培を組み合わせて、その土地特有の庭づくりを普及させた。というわけでヒルトップでは、アーツ・アンド・クラフツ様式の庭が母屋を取りかこんでいる。つまりヒルトップの庭と母屋は完全にひとつに融合している。

　ビアトリクスはヒルトップ農場の所有者となってからも、数年間はヒルトップには定住せず、ときたま訪れるだけだった。両親はときどき娘と別れて住むつもりだったようだが、ビアトリクスは未婚の娘として従順にロンドンの両親のもとで暮らした。そしてヒルトップの農場の土地の整備などの仕事の多くは請負業者の手にゆだねていた。だが、1906年、初めて春にヒルトップを訪れたとき、業者のひとりがこともあろうに広大な平地

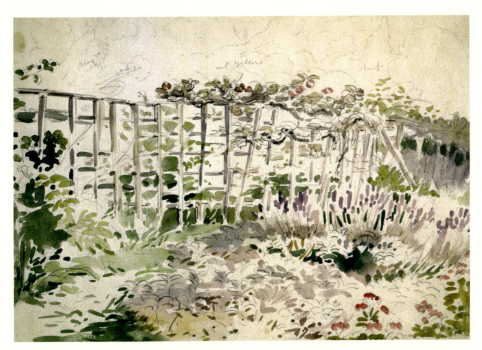

初春のヒルトップの庭と格子垣（鉛筆と水彩、日付なし）

を芝地にしているのを知って、ビアトリクスは唖然とする。ミリーには、こんな愚痴をこぼしている。〈たしか「こうすればテニスができますよ」と言われました。でも、わたしはテニスなんて一度もしたことがないんですもの ［英国では、テニスといえば、ローンテニス、つまり芝地のテニスをさした］。わたしにとって芝生はなんの意味もないものでした。どうしてそんなに時間がかかるのか不思議に思っていましたけれど、今やっとわかりました。業者はなんとサッカーでもできそうなほど広い平坦な土地をつくっていたのです！〉[3]。しかしさらにお金をつぎこんで直す気にもなれず、農家に頼んでジャガイモを植えてもらう。このときビアトリクスは、庭づくりに必要な知識を習得するのに、どうしてこんなにひどい目に遭わなければ

パンジーの咲く早春のヒルトップの庭（撮影年不詳）

いけないのだろうとため息をつく。しかし自分の手で植えた果樹の苗木が初めて花を咲かせているのを見て、自らを慰める。

　ヒルトップの家を増築するあいだ、ビアトリクスはニア・ソーリー村の鍛冶屋のフレッドとハリエット・サタースウェイト夫妻の家、ベル・グリーンに下宿した。ハリエットは庭づくりに関して、気候などすべての点で自分の意見を持っている女性だった。例えば 7 月 15 日の「聖スウィジンの日」と晴雨について、ハリエットはビアトリクスにこんな言い伝えを紹介した。

　〈もしも聖スウィジンの日が雨ならば、その後 40 日間は雨天がつづく。晴れならば、その後 40 日間は晴天がつづく〉。ビアトリクスはつねに実務

石塀のあるソーリー村の風景。石塀に1か所、家畜が通る穴が開いている（鉛筆と水彩、1910年）

を重んじる女性である。干し草を心配して雨の日を数え、手紙にこんなことを書いている。〈聖スウィジンの言い伝えに反して、今夜の豪雨が最後でありますように！〉[4]。後年ビアトリクスは天気を予想するのに聖スウィジン方式を取り入れている[5]。

　ヒルトップ農場を購入した最初の年、ビアトリクスはどんな植物が芽を出し、どんなふうに花を咲かせるかを観察し、効率的に庭仕事を進めた。コテージに這うオールドローズは手入れされていないようだったが、新芽が出てきた[6]。また、借りてきた農作業用のかごにミツバチの群れを集めて、鍛冶屋につくってもらった巣箱に収めたり、ヒルトップ農場の下方に

フロックス(鉛筆と水彩、日付なし)

あるイーズ橋が壊れたときは、庭に植えるためにオオエゾデンダ[シダ植物の一種]を集めてきたりした。

　そして〈わたしは古い塀が好きなのです〉と言っている[7]。この広い世界でビアトリクスはまさに自分にぴったりの場所にやってきたのだった。ソーリー村の道路沿いや放牧地のまわりには、石を積み重ねて石塀が築かれている。その石塀が大小さまざまな谷を分離して灰色の枠となり、放牧地を縁どっている。石を水平に積みあげた石塀のてっぺんには、長い歯列のように冠石が斜めに置かれている。低い位置には穴が開けられており、子羊や子豚がこの穴を通って、放牧地から放牧地へ移っていくことができる。

　この年の8月、ビアトリクスは両親に呼ばれてヒルトップを離れ、ダー

ウェント湖畔の夏の貸別荘、リングホーム邸で過ごす。そこはソーリー村からはわずか32キロほどのところだが、ビアトリクスの新しい家とくらべると、あらゆる点で見劣りがした。リングホーム邸は強風にさらされるが、ヒルトップの家は風から守られている。リングホーム邸の空気は息苦しいが、ヒルトップの空気はさわやかだ。〈強風に悩まされない大気と庭が懐かしく思えます〉8)。ビアトリクスはミリーに宛てた手紙にそう書いている。〈ここの雑草をぬいてしまいそうになります！ 草ぼうぼうでほんとうにひどいんです！ でもそんなことをしたら庭師の名誉を傷つけることになるかもしれませんね〉。

　9月にヒルトップにもどってくると、ビアトリクスは手元にある植物も庭に植えはじめた。それはほとんどが園芸好きの友人や知人からまわってきたものである。ロンドンでは庭にあると自慢のタネになるというヒカゲユキノシタはミリーからもらったもので、ビアトリクスはミリー宛ての礼状にこんな感想を書いている。あなたにいただいたユキノシタは新しい所有者とおなじく〈新しい土になじむのをとっても喜んでいるわ〉9)。また船着場の近くに庭を持つ石工からもらった華麗なフロックスは、ゲッケイジュの茂みのところどころに植えることにした。ミリーから贈られたユリはアザレアとうまくなじむだろう。従姉のイーディスからも小さなユキノシタを少しもらった。ビアトリクスの庭づくりのよき指導者で、断固とした意見を持つ鍛冶屋のおかみさん、ハリエットからは、ムラサキナズナとも呼ばれる深紅と紫の花をつける「ホワイトロック」の挿し木をもらった。ビアトリクスはこの挿し木については、おかみさんのように育てられるだろうかと不安になる。

　やがて近所の人たちも、頼んだわけでもないのに植物を持ってきてくれるようになる。最初にやってきたのはテイラー夫人だった。〈親切心からなのはよくわかります。でもユキノシタのプレゼントは少々タイミングがよくありませんでした……しかも新聞紙にいっぱい持ってきてくださったんです〉10)。しかし、この村では新米の庭師であるビアトリクスは、こうした人たちの優しさに感動し、ミリーにこんな手紙を書いている。〈次から次

へと苗木の提供を受けています。ご近所のみなさんの親切なこと！　それに、いまはちょうど間引きや植え替えの時期なので、おかげで村の庭から間引かれた芽や苗などをこっそりいただいてくることもできます〉[11]。

　今も昔も庭いじりの好きな多くの人がそうであるように、ビアトリクスもときどき他人さまの庭からこっそり植物をもらってきては、自分の庭に植えていた。ともかく〈サタースウェイト夫人によると、どこかからくすねてきた植物はよく育つそうです。昨日はゴウダソウをこっそりもらってきました。なんと庭に山と積まれたゴミのなかにあったんです！〉[12]。ビアトリクスは園芸に詳しくなるとともに「手癖」も悪くなってきたことを、ミリーに告白している。ビアトリクスがくすねてきたゴウダソウは種が自然に播かれて育つ二年生植物で、春にはピンクの花が咲き、秋には半透明のうちわのような形の果実をつける。

　9月のある日、ビアトリクスはまたミリーにこんなことを告げている。〈庭の土を掘って大きな花壇をつくってもらいました。今週ウィンダミア湖畔の養樹園へ行って、低木を何本か選んでこようと思います〉[13]。ビアトリクスは長い丘陵地帯をまわってファー・ソーリー村へ下りていき、船着場で渡橋料を払って、屋根のないフェリーに馬車を乗せた（このフェリーは現在も料金を徴収して馬車を乗せている）。ほんのしばらくフェリーに乗ってウィンダミア湖の細い中央部を過ぎると、隣町のボウネスへ着く。そこでビアトリクスはレイクランド・ナーサリーという有名な養樹園へ行った。そこはアイザックとロバート・モーソン兄弟が経営する会社で、モーソン・ブラザーズ社またはモーソン養樹園とも呼ばれていた。長兄のトーマスは造園家で、1890年代の初めに3人で養樹園をはじめた。ここでビアトリクスはユリやバイカウツギ、ツツジなどを買って大喜びする。冷静なビアトリクスでも新しい植物の魅力には抵抗できないこともあったのだろう。赤いフクシアも買ってしまう。そしてミリー宛ての手紙に〈ここではフクシアが冬でも戸外で育つそうです〉[14]と書いている。しかしその後はフクシアのことは一度も口にしていない。おそらく養樹園の売り文句のほうが、フクシアの耐寒性より勝っていたのだろう。

養樹園を営むモーソン・ブラザーズ社の当時の広告（日付不明）

（広告文）
「バラのアーチとシラカバの木ならウィンダミアのモーソン養樹園

湖水地方特産の低木、耐寒性の植物は、各地の庭園に用いられ、多くの方々に愛されています。モーソン養樹園でも豊富にお取り扱いしております。

わが養樹園は素晴らしい環境にあり、珍しい花、美しい花をお求めのお客様をいつでもお待ちしております。無料カタログ進呈中。」

ROSE ARCH AND SILVER BIRCH IN
MAWSON BROS.' NURSERIES,
WINDERMERE.

One of the most important industries in the Lake District is the growing of Trees, Shrubs and Hardy Plants, many of which are used by Mawson Bros. in furnishing the gardens laid out by them in various parts of the country, whilst others are purchased by a large clientele who find that Hardy Trees and Shrubs from the Lake District succeed admirably.

These Nurseries are delightfully situated, and are always open to visitors, who may inspect the many rare and beautiful flowers at their leisure. Catalogues free.

花の咲く低木は庭にとって働き者の農耕馬のようなものである。おかげでビアトリクスのもうひとつの家でもある庭に、中程度の高さの低木が加わった。また樹木と格子垣と母屋が庭の仕切りになり、垣根ができた。花の咲く小さめの低木は、多年生だろうと一年生だろうと、あるいは球根植物だろうと、画用紙にはね飛び染みこむ水彩絵具のようにさまざまな色を補足する。

　庭はほかにも効能を発揮していたようだ。ビアトリクスの体調は以前よりもよくなり、食欲が出てきた。ミリー宛ての手紙に、〈いまの悩み、過去の悲しい思い出を癒してくれるのに、戸外の空気ほどいいものはありません〉[15]と書き、またあまりにも旺盛な食欲を恥ずかしいくらいだと訴えている。

　ヒルトップの果樹園のリンゴの古木は料理に適した実をつけたのだろう。自分で料理をしたかどうかはわからないが、実際にビアトリクスは夕食に加熱したリンゴを食べたようだ。当時の日々を手紙でミリーに伝えている。〈庭づくりにすっかり夢中になっています。いまはリンゴの木の根元に、どろどろした液肥を与えているところです‼　柄の長い柄杓ですくうのはとっても面白いわ〉[16]。ビアトリクスはもはや温室育ちの花ではなかった。庭師がビアトリクスの指図を待つ存在になっていた。

　自ら手を汚して土を掘り起こすことで、ビアトリクスはますます広範囲にわたって自分の地所に関心を持つようになる。〈堆肥のことで州議会に訴えでるつもりでいます。道路わきに寄せていたわたしの庭のゴミについては、すべてわたしに権利があるはずです。それなのに州議会のお偉方が穴を埋めるのに使うなんて、違法だし、不愉快きわまりないわ〉[17]と強い口調でミリーに言っている。しかし本気でそうするつもりだったかは不明。ビアトリクスはその後も庭づくりに専念する。ユリの球根を植えるときは、古いモルタルと泥炭をまぜて、砂の多い酸性の土壌を中和するといったことまでやっている。また漆喰の屋根を修理し、同時にポンプも新

▶右頁：ソーリー村の庭にいるビアトリクス（1913年）

94　第Ⅰ部 ◢ 園芸家としての人生

外に出された子ネコたち(『こねこの
トムのおはなし』より)

しくしている(ビアトリクスは奥の台所の古い天井裏から落ちたことが
あった。落ちた本人はおかしそうに笑っていたが、職人はぎょっとしてい
たという)。

　当時のビアトリクスは庭づくりに夢中になっていた。ミリーにこんなこ
とまで明かしている。〈もっかのわたしのニュースは庭いじりのことだけ
です。ウィンダミア湖畔の老婦人に会いにいくのにも、図々しく大きなか
ごと移植ごてを持っていってしまいました〉[18]。

　また園芸の知識を実際に活かせることになったビアトリクスは、さらに
こうつづける。〈臆面もなく素敵なものを両手にいっぱい、ほかにもラベ
ンダーの挿し木を一束いただいてきました。もしもあの人たちが「奪い返し
にきても」、これだけあればラベンダーで生垣をつくれるでしょう。それ
からスミレの株は、一部を果樹園に植えるつもりです〉。ビアトリクスがすで

子ネコたちの目の前を通りすぎてゆくジマイマー家。庭の入口に二重杭の柵が見える(『こねこのトムのおはなし』より)

に「繁殖の技」を会得していたことは明らかである。

　さらにビアトリクスは農業上の技についてもいろいろ学びはじめる。冬に家畜小屋の敷き藁にするために、ジョン・キャノンが幼い息子と娘、ラルフとベッツィを手伝わせて、高く伸びたシダを刈り取り、9月に霜がおりてから乾燥させる様子を見て、ミリーにこんなことを言っている。〈キャノンは1.6キロほど先のベル・グリーンという鍛冶屋の裏手の小道のあたりまで、シダを刈ってしまいました。あそこは悪路で、シダを持ちかえるのはひと苦労なのに。次のときは荷車を持って、わたしも子どもたちといっしょに行きます。乾燥したシダがパチパチはじけるのって、とても素敵です〉[19]。

　ヒルトップの庭にやってくる子どもたちがみんな温かく迎えられたわけではない。少なくとも監督役のいない子どもは歓迎されなかった。新米園芸家のビアトリクスは、心ない連中が植物や石塀に近づかないようにと考えた。そうしたビアトリクスの心情をよく読みとれる作品がいくつかあ

庭の小道をゆくタビタ・トウィチットと子ネコたち(『こねこのトムのおはなし』より)

　る。そのひとつが『こねこのトムのおはなし』(1907) だ(この作品は「すべてのいたずらっ子」、とくに「わが家の庭の石塀によじ上る子どもたちに」捧げられている)。
　この作品の背景にはヒルトップの前庭がふんだんに描かれている。なかでも庭の小道の入口には二重に杭が打ちこまれていて、それがきわ立っている。
　トムのお母さんのタビタ・トウィチットは、3匹の子ネコ、トムとモペットとミトンに着心地のよくない、よそいきの服を着せる。そして柄の長いトースト用フォークを持ち、目を光らせながら玄関までつきそっていき、「服をよごさないようにするんですよ」と注意して、子ネコたちをツルバラやキンギョソウ、アイリス(アヤメ)やシャクヤク(ボタン)の花が咲いている素晴らしい庭に出す。来客用のトーストを焼くあいだ、子ネコたちに邪魔されないようにするためだ。ところが、子ネコたちはおとなしくな

98　第Ⅰ部　園芸家としての人生

ジマイマがルバーブの葉かげに生んだ卵を見つける男の子(『あひるのジマイマのおはなし』より)

んかしていない。服には緑のしみができる。また子ネコたちははしゃぎまわって、ツツジや丈の高いシダの生えている築山をのぼったり、石塀の上にあがったりするうちに服は脱げてしまう。子ネコたちが裸でいるのに気づいたタビタお母さんは子ネコたちをすぐにつれかえり、罰として「おとなしくベッドで寝ていなさい」と言って2階へ上がらせる。さて、その後子ネコたちはどうしたか、また子ネコたちの服は結局どうなったか（それを知りたければ、シェイクスピアの喜劇風に描かれた『こねこのトムのおはなし』を最後までお読みいただきたい）。ところでアイリスはイギリスの夏のいちばん素晴らしい時期に咲くので、庭師の目から見ても、この物語の挿絵は実状に合致している。

　日の出の早い6月のある朝、ビアトリクスは寝室の窓から外をながめる。するとあたりの景色は古いガラス窓のせいでゆがんで見え、羊も木々

4 定着期　99

「薄茶色のひげの紳士」とジマイマ（『あひるのジマイマのおはなし』より）

も丘も庭も、すべてがまるで山のなかの小さな湖に映る影のようにゆれていた[20]。ビアトリクスはノラとローズとブラッサムという子牛を観察するのが好きだった。またこの時期はなにもかもすべてが楽しく、牛の乳しぼりを見るだけで胸が高鳴った。

　翌年ビアトリクスは『あひるのジマイマのおはなし』を書き上げ、献辞の欄に農場の管理者、キャノン夫妻の子どもの「ラルフとベッツィのためにかかれた農家の庭のおはなし」と記している。まぬけなアヒルのこの話の背景にも、ビアトリクスは石塀で囲ったヒルトップの美しい菜園をふんだんに描いている。菜園の一画にはルバーブの小さな畑があり、そこにジマイマはタマゴを隠そうとするが、うまくいかない。石塀のなかのくぼみにはハチの巣があり、緑色の鉄の門が菜園と玄関の前庭とを仕切っている。またジギタリス（キツネノテブクロ）が、薄茶色のひげの紳士といっしょに、紳士の家のまわりや、丸太の椅子の後ろに描かれていることからわかるように、この愉快な話では植物が構成要素の一部になっている［ジ

ハーブを摘むジマイマ(『あひるの
ジマイマのおはなし』より)

マイマと薄茶色のひげの紳士の出会いの場面で、切り株にこしかける紳士を取りまいているのも、この花である]。読者には紳士がキツネだとすぐにわかるが、愚かなジマイマにはわからない。アヒルの丸焼きをつくるから香草を持ってくるようにと言われると、ジマイマはヒルトップの庭から「セージとタイム、はっかとタマネギ、さらにパセリを少々」集めてくる。ただしこのお話のヒーローはビアトリクスのお気に入りの牧羊犬、羊の監視役のケップである。

　子どもたちに宛てた1通の手紙のなかで、ビアトリクスは忍びこむのがとても上手な別のイヌについては、こんなことを書いている。〈わたしはフリートという年をとったイヌを飼っていました……フリートはこのおはなしに出てくるイヌとおなじように、よく鉄の門のかんぬきを外しては、(後ろ足で立って)かんぬきを押さえ、あとずさりしながら門を引き寄せて開けていました。でも門を閉じることはおぼえませんでした〉[21]。ヒルトップの緑色の鉄の門は形が大胆で、色も素晴らしく、とくに目立つ。明るい緑が庭と調和し、灰色の石垣の暗さを打ち消している。また新たに増築し

4 ● 定着期　　101

凍てついたヒルトップの緑色の鉄製の門

た棟に隣接する庭の門も、まわりとうまく調和している。

　ビアトリクスは新しい住まいとなった農場で、自然にできた小道や生垣に縁取られた小道を歩くのが大好きだった。『あひるのジマイマのおはなし』とおなじく、1908年に出版された『ひげのサムエルのおはなし』（初版時の題は『ローリーポーリー・プディング』）にも、ビアトリクスはヒルトップの果樹園や、その向こうの風に揺れる牧草地や雑木林などの田園風景を挿絵に加えている。それは文字通り鳥の目で見た景色である。2羽のスズメと黒っぽい色の鳥がヒルトップの母屋の煙突の上にとまっていて、ツルバラの枝が切妻屋根のてっぺんのそのまた上まで伸びている。またビアトリクスのお気に入りの散歩道、オートミール・クラッグという岩山と

ヒルトップの母屋の煙突ごしに見た風景とツルバラ(『ひげのサムエルのおはなし』より)

「カッコーの鳴く森(カッコー・ブロウ・ウッズ)」のあいだにあるモス・エクルス湖へといたる坂道も挿絵に描かれているが、静かな坂は、ウィルフィン・ベックという小川のせせらぎや、羊や牛がむしゃむしゃ草を食(は)む音や、ときどき聞こえるカラスの鳴き声で、静けさが破られる。そんなときビアトリクスはカラスの鳴き声を聞きながら、今は亡きノーマン、そう、あの「カラスのジョニー」[ビアトリクスがつけたノーマンの愛称]を思い出していたことだろう。

5. 成熟期

　　ビアトリクスは著名人と近づきになろうとはせず、余暇はもっぱら農場や庭の塀の陰で静かな田舎暮らしをした。それでも「ピーターラビット」の著者だということが地元の人々に漏れてしまう。庭仕事をしているとき、ビアトリクスはこんな会話を耳にする。「ここがあの方の家ですよ」とバスの運転手が言うと、観光客たちは「へえー！」とか「ほう！」とか言って、運転手にビアトリクスの生活や作品についてもっと詳しい説明を求める。それを見て、ビアトリクスは苦笑する。〈一部の人はピーターラビットについて、なにも知らないようです……どう見ても、あの本を読んでいるとは思えませんでした。名声とは、まあこんなものなのでしょうね〉[1]。

　　ビアトリクスはその後も絵本の制作のほかに、おもちゃや陶磁器、財布などの関連商品のデザインをつづける。それはひとつには、庭づくりの資金を得るためだった。自分で稼いだお金ならば、親やその他からとやかく言われることはない。しかし庭づくりはいわば地面に穴を掘って、その穴にシャベルで資金を投入するようなもので、どんなにお金をつぎこんでも次から次へと必要になる、とビアトリクスは言っている。つねに新しいアイディア、新しい植物、新しい道具が必要になる。ビアトリクスはヒルトップ農場を購入し、まず庭と母屋の改修に貯金を使ってしまった。そのため、ときどきハロルド・ウォーンに印税をいくらもらえるかを問い合わせている。〈実際にここを維持するだけならそれほどお金はかかりませんが、庭とそのまわりには、まだまだ手をかけなくてはいけないところがあるのです〉[2]。

マグレガーさんのあとについていくフロプシーとその子どもたち(『フロプシーのこどもたち』より)

　ビアトリクスは、読者に人気のあるマグレガーさんの庭をやがてまた作品に登場させる機会があるだろうと思っていたが、そのときがきた。『フロプシーのこどもたち』(1909) では、ウサギのピーターはすでに大きくなっていて、お母さんといっしょに園芸店を経営している。そして店では特大サービスで「クリスマスか新年までには、荒れた庭をきれいにします」と宣伝している。またベンジャミンはピーターの姉のフロプシーと結婚していて、その子どもたちがこの本の主人公である。子ウサギたちは歩道を縁取る箱型の花壇と優美な格子垣のあるマグレガーさんの庭に現われる。ゼラニウムはマグレガーさんの窓枠の下にきちんともどっており、コテージの垣根沿いにはマリーゴールドの花が咲いている。
　多くの庭師にとって『フロプシーのこどもたち』がとりわけ印象深いのは、細長い花壇が素晴らしいということと、ビアトリクスの伯父、バート

「ピーターラビットとお母さんの園芸店：クリスマスか新年までには、荒れた庭をきれいにします」

ンのグウェニノグ邸のスケッチに基づく庭の絵が魅力的だということ以上に、「レタスをたべすぎると、さいみんやくのように眠くなってくる」という最初の一行が心にぐっと迫るからである。とりわけ「催眠薬」という言葉が際立っている。この言葉とマグレガーさんのレタス畑の6匹の子ウサギたちの絵が組み合わさると、この素敵な言葉が植物好きな者の好奇心をそそる。ビアトリクスは16世紀に出版されたジョン・ジェラード著の『本草学（Harbal）』など、薬草学の知識を習得できる資料を蔵書に加えていた。またスコットランドの医師、アンドリュー・ダンカンが1811年に発表した「レタスと催眠剤に関する考察」というリポートを読んでいたのかもしれない。原典がなんであろうと、ビアトリクスはそれを子どもの絵本に移植し、永久に根づかせたのである。

　ビアトリクスの庭は休眠状態に陥ることはなかった。ビアトリクスは多年生植物を友人たちに株分けできるほどたくさん植えていた。苗を保護す

レタスを食べすぎて眠ってしまった子ウサギたち。レタスには催眠作用がある(『フロプシーのこどもたち』より)

るために鉄とガラス製の底のないランタンのような覆いもあつらえていた。寒いあいだ大切な植物に覆いをかぶせておくと、増殖が早まると考えていたからだ。とくに春になると、植物はすくすくと育つ。ロンドンへもどったときも、ビアトリクスはヒルトップの庭が頭から離れず、外に出ては裏庭をぶらつきたい衝動に駆られる。〈裏庭の芝生にローラーをかけていたら……北のソーリー村にもどって、いろいろな植物が芽を出す前に、もう少し低木を植えたくなりました〉[3]と言っている。

しかし低木がすべてうまく育ったわけではない。庭づくりは延々とつづく実験のようなもので、忍耐力を養うための試練だ、とビアトリクスは実感する。低木の1本が花を咲かせるのを辛抱強く待って、友だちにこんな報告をしている。〈まるで屑だと思っていた低木に、なんと花が咲いたのです! でも、4年も待ってやっと花が咲いたのに、一重咲きのタチアオイの

5 成熟期 107

ような海老茶色の汚らしい花で、とてもきれいとは言えませんでした。ウィンダミアのモーソン養樹園でもこの種の低木に花を咲かせているものがありました。でも、こんなことになるのなら、もうこの花はなくてもいいってことで、モーソンさんとも意見が一致しました〉[4]。これがどんな種類の花だったのか、ビアトリクスは明らかにしていないが、描写から推測すると、ハイビスカス科の一種のように思える。

　ビアトリクスにとってニア・ソーリー村は限られた期間に訪れるだけだったとはいえ、自分の選んだ住処であり、ヒルトップの庭は魅惑的な歌を聞かせてくれるところだった。1910年にビアトリクスはミリーにこんな手紙を書いている。〈ブタの絵を描かなくてはいけないのに、このところ何日か休んで、庭いじりに励んでおります〉。村人たちはビアトリクスに優しかった。『「ジンジャーとピクルズや」のおはなし』(1909) で、ビアトリクスはフジで飾りたてた店とともに、村人の多くをそれぞれの特徴をとらえて［動物の姿で］描いている。ヒルトップの正門でも年輪を重ねたフジの蔓が伸び、毎年春には豊かに花を咲かせていた。

　ビアトリクスは当時の帝国主義的風潮の庭づくりからも影響を受けていた。しかしヒルトップは望み通りに植物を植えたり、次から次へと頭に浮かぶ構想を実現できるほど広くはなかったので、拡張できる場所を探していた。そこで道路の向かい側のカースル農場が売りに出されると、早速それを買いとった。そこは母屋のほかに、コテージや「ポスト・オフィス・メドウ」と呼ばれる牧草地も含まれていた。今度はヒルトップ農場を買ったときのように、相場以上の金額を払うつもりはなかった。そこで気まずい思いをしないために、近くのホークスヘッドの事務弁護士、ウィリアム・ヒーリスと協力して交渉にあたった。

　ビアトリクスはヒーリスに好意を抱いた。法律に関する助言のみならず、それ以上に人物そのものを好ましく思った。何十年も前の日記に、ビアトリクスは、まるでこのときを予測したかのような、従兄のこんな言葉を書きとめていた。〈つつましいながらも楽しい結婚生活というとセンチメンタルになるけど、ふたりで我慢し合うというのもいいものだよ〉[5]。

ソーリー村にて、石塀の向こうを眺めるビアトリクス（撮影年不詳）

　まさにウィリアム（ウィリー）・ヒーリスはいっしょに我慢するのもいいものだと思える相手だった。1912年の冬にウィリアムはビアトリクスに結婚を申しこんだ。ビアトリクスは背が低かったが、ウィリアムは背が高く、運動が得意で、狩りや魚釣りもすれば、ボーリングやゴルフもした。家は大家族だった。そのようなウィリアムがビアトリクスには愛する田園の一部だった。ビアトリクスは47歳、ウィリアムは41歳だった。
　両親が反対したのは意外、それとも予想通りのことだっただろうか。ウィリアム・ヒーリスは娘より階級が低い。そんな男性はふさわしくない、と両親は言うのだった。ウィリアムもビアトリクスの父のルパートも同じ業界にいたものの、ウィリアムは事務弁護士で、ルパートのような法廷弁護士ではなかった。そんな折、幸い弟のバートラムが両親の注意をそらせ

ビアトリクスとウィリアム・ヒーリス。結婚式の前夜、ボルトン・ガーデンズ
2番地のビアトリクスのロンドンの実家で（1913年）

　てくれた。スコットランドの田舎から久しぶりにロンドンへもどってきた
バートラムがみんなをびっくり仰天させるようなことを言いだした。両親
は、それまで息子は田園地帯の風景画を描くことに夢中になっているもの
とばかり思っていた。ところがバートラムは、スコットランドで出会った
農家の娘、メアリー・ウェルシェ・スコットと10年も前にひそかに結婚
していたのだ。
　それからまもなくして、ビアトリクスとウィリアムはボルトン・ガーデ
ンズの花壇の前で結婚の記念写真を撮っている。後ろの垣根にはイチジク
の枝が伸びている。ふたりは1913年10月15日にケンジントンのセン
ト・メアリー・アボット教会で結婚した。そのときビアトリクスはずっと

改築後のカースル・コテージ（1914年頃）

心にあったシェイクスピアの『テンペスト』を思い出し、〈「春がやっとあなたのところへやってきました。収穫時期も終わりに近づいたころに」というあのセリフは、いったいどういう意味なのでしょうね〉[6]と言っている。ビアトリクスは人生の前半には多くの幸を逃してきた。それをいま取りもどしたのだった。

　そしてウィリアムとともにソーリー村に"移植"され、永久に"根を下ろす"ことになった。しかしヒルトップの屋内はかなり古くて何の役にも立たない配管が室内にむきだしになった状態で、借家人の住まいとも隣接していた。そこで結婚後はカースル・コテージに住み、こじんまりとしたコテージを倍の広さに増築することにした。そうすればそこがふたりの砦にもなり要塞にもなる。そこで大工を雇って、表側の古い部屋を利用でき

5 成熟期　　111

パンジー（鉛筆と水彩、日付なし）

るようにした。仕切りを取り払い、壁にいくつか新しく出入り口を設けた。それからバスルームを建て増した。寝室は豪華とは言えないまでも、道をへだててヒルトップの素晴らしい景色が眺められるので、ビアトリクスは新居に移ってからも、庭いじりや絵本の執筆、どんどん増えるアンティーク家具の配置を考えたりして楽しんだ。こうしてヒルトップは客を泊めたり、庭の花を摘んで部屋に飾ったりと、ある種の穏やかな生活を送ることのできる場になった。そして、その後もビアトリクスにとってヒルトップは特別な場所、初めて自立を宣言したときに想い描いた「わたしの家」として大事なものでありつづける。

112　第Ⅰ部　園芸家としての人生

賢明な庭師がかつてこんなことを言っている。「夫と妻がともに庭いじりをするなら、ふたりは別々の花壇を持つべきだ」。ヒーリス家の場合は、ビアトリクスがおもに庭いじりをし、ウィリアムはときたま野菜の種播きを手伝う程度だった[7]。ビアトリクスはカースル・コテージの庭のまわりを箱型の生垣で囲って、パンジーやバラ、ホタルブクロやフロックスなどの花でいっぱいにした[8]。またヒルトップのときと同じように、アカスグリやイチゴのような小果樹と、セージのようなハーブをまぜて植えた。農場の菜園ではこのような栽培方法が家屋と庭をうまく維持するための「昔ながらの方法」であり[9]、庭を「昔ながらの」と表現するのは、ビアトリクスには称賛の言葉だった。

　ふたりが結婚した年に『こぶたのピグリン・ブランドのおはなし』(1913)が出版された。これは子ブタのかわいいロマンスを描いた作品で、子ブタは「ちいさくてもいいから　ぼくにも　はたけがあったら、ジャガイモをうえるんだけどなぁ」といってため息をつく。いっぽうお母さんブタは毎日てんてこ舞い。なにしろ食欲旺盛な8匹の子ブタの面倒をひとりでみなくてはいけないのだから。ある日、お母さんブタはピグリンと弟のアレクサンダーに通行許可証を持たせて市場へ買物に行かせる。ところが思いもよらないことが次々に起こり、アレクサンダーはおまわりさんにつきそわれてヒルトップの家へもどってくる。この場面の背景には素晴らしい庭の風景と石だたみの小道が描かれている。一方、ピグリンは思いがけなくいろんな体験をし、あわやというときに、ピグウィグというブタの女の子に会う。やがてふたりの姿はソーリー村の田園風景のなかに現われる。そこはエスウェイト湖の近くの標識のそばで、ふたりはなだらかに起伏する丘や畑を見渡している。ビアトリクスはこの作品に読者があまり多くのことを読みこむのを懸念して、友人にこんな手紙を書いている。〈2匹の子ブタが腕を組んで日の出を眺めている絵は、わたしと夫がモデルではありません。でも背景は、日曜の午後にいつもふたりで散歩している風景です！ウィリアムを登場させるとすれば、背の高いすらりとした動物にしなくてはいけないでしょうね〉[10]。『こぶたのピグリン・ブランドのおはなし』の

5 ❖ 成熟期　　*113*

おまわりさんのうしろから、庭の小道を上がってヒルトップへ向かう子ブタの
アレクサンダー（『こぶたのピグリン・ブランドのおはなし』より）

あと、ビアトリクスは執筆を中断し、結婚生活を楽しみながら、農場と庭
づくりにますます熱中する。120エーカーの土地で花や果実や野菜のみな
らず、羊や牛、ニワトリや七面鳥を育てる。

　ウィリアムが弁護士の仕事をしているあいだ、ビアトリクスは家事はも
ちろんのこと、農場の管理に励む。毎朝、農場の管理者とその日の計画を
立てる。そしていつも感謝している夫にきちんと食事が出せるよう気を配
る。それから午後は夫とふたりで山の小さな湖まで散歩をし、そこで夫が
釣りをしているあいだ——じつは密漁——ボートを漕いだり絵を描いたり
する。ふたりはソーリー村の人々にはなぞめいた名士だったにちがいな

い。住まいは田舎家だが、使用人が何人もいる。ビアトリクスには車もあれば、お抱え運転手もいる。家政婦や料理の手伝いをする女の子もいれば、農作業や庭仕事を手伝ってくれる男性もいる。

　ビアトリクスには日に日に老いていく両親の面倒をみる責任もあった。父親は急速に体が衰え、ビアトリクスが結婚した翌年5月に亡くなった。1914年8月には第一次大戦がはじまり、ビアトリクスは母を近くへ引っ越させる。まずはソーリー村の借家に、次はウィンダミア湖の対岸のリンデス・ハウ邸に住まわせた。両親は夏の別荘としてこの邸宅を借りたことがあったので、この選択は賢明だった。以後、そこにロンドンの家具や大型四輪馬車、馬や使用人とともに母を永住させる。リンデス・ハウ邸にはベンジャミン・ドーソンという、この屋敷にふさわしい庭師がいて、庭にはモモの温室や野菜専用の温室、さらに芝地や当世風の細長い花壇があった[11]。

　毎週ポター夫人はビアトリクスたちのところへ馬車でやってきた。手綱を握るのは、まるでヴィクトリア朝からぬけでてきたようなお仕着せを着た御者だった。ポター夫人は、荷物はすべて娘が馬車から降ろしてくれるものと思っていたが[12]、収穫期のある日、仕事を中断させられたビアトリクスがトウモロコシを腕にいっぱい抱えたまま馬車に乗りこもうとしたときには、母親はなんと言ったのだろうか。

　そして戦争で人手不足が問題となってきた1916年3月、ビアトリクスは女性が軍需産業に就かされ、農場で働く女性が人手不足に陥っていることについて、『タイムズ』紙に手紙を書いて不満を述べた。そして最後に〈わたしは農作業にふさわしい女性なら、いつでも喜んで雇うつもりです〉[13]と書き加え、「女性農業経営者」と署名した。当時ビアトリクスは国土婦人奉仕団（Women's National Land Service＝農作業に従事する女性を訓練し管理する組織）の結成にいい印象を持っていなかった。またいかにも〈こっけいで低俗に見える制服〉にも感心しなかった。それでも農業に適した女性は雇うつもりでいた。

　するとひとりの女性から反応があった。名前はエレノア・ルイーズ・

後年のルーイ・チョイス（撮影年不詳）

チョイス、愛称は「ルーイ」という女性だった。興味を抱いたビアトリクスは、さっそくミス・チョイスに返事を書き、年齢や経験についてたずね、それからヒルトップの仕事の内容を詳しく説明した。〈わたしはニワトリや七面鳥などの飼育場や果樹園のほかに、花壇や野菜畑も持っています（温室ではありません。耕しにくい土の場合はわたしも手伝っています）。助手の女の子といっしょに料理もしていますし、ミセスC.I.と助手の女の子が干し草づくりをやってくれます。わたしは時間があるときはカブの間引きをしたり、手入れをしたり……高地の草原へ行ったりしています〉[14]。ルーイは4月になる前にやってきた。そして提示された賃金にも、ヒルトップに住みこみで働くことにも同意した。5月末にルーイは母親にヒルトップのライラックとアザレアについて手紙を書いている。〈わたしはこんなに多くの、そして、こんなに素敵なのを見たことがありません。ほんとうに美しいです〉[15]。また「ヒーリス夫人」（ビアトリクス）といっしょに働いたことも伝えている。高地で集めたエニシダや、庭のラベンダーを挿し木で繁殖させたり、ふたりで散歩をするときは、野生のジギタリスの葉を集めたりしたという[16]。第一次大戦中、ジギタリスの葉は心臓病の治療薬を抽出するのに用いられた。ルーイはまたこんなことを書き加えている。〈わたしは朝早く起きます。でもヒーリス夫人は人をこきつかったりする方ではありません。暑くてたまらないときや、ひどい雨の日は、わたしは庭仕事ではなくて屋内で雑用をしますが、それでも夫人は小言を言ったりはしません。わたしはヒーリス夫人が大好きです〉[17]。

　ルーイはヒルトップ農場を辞めてからも、長年、夏になるとやってきて、庭仕事の手伝いをした。庭づくりは孤独な作業である。だからこそ人の心をしばしば癒してくれるのだろう。ビアトリクスにとって、そばでいっしょに仕事をしてくれる気の合った友がいることは、気分転換にもなり、喜びでもあった。ルーイは歌を歌ったり、ビアトリクスのピアノを弾いたりして、ヒーリス家を明るくしてくれた。そんなルーイを、ビアトリクスとウィリーは「歌う小鳥」と呼んでいた。ビアトリクスよりもちょうど10歳若いルーイは、はじめは雇われ人だったが、やがて生涯の友となる。ふ

5 成熟期　　117

いなかねずみチミーの庭。「ピンク」(カーネーション、オランダナデシコ)とパンジーが咲いている(『まちねずみジョニーのおはなし』より)

たりはその後も手紙で庭や家族のことを知らせあっている。ビアトリクスはルーイ宛ての手紙をいつも「親愛なるミス・チョイス」という型通りの言葉で書きはじめているが、ふたりの関係は愛情と花で満ちあふれていた。

ルーイが初めてソーリー村へやってきた翌年の1917年に、ビアトリクスの作品の出版元であるフレデリック・ウォーン社が破産宣告を受けた。それはまさに衝撃的だった。経営者のハロルド・ウォーンはおそらく家族のもうひとつの事業を支えるためだったのだろうが、ウォーン社の金庫から金を持ち出していたのだ。ハロルドは刑務所に収監された。しかしウォーン家のほかの人たちに対するビアトリクスの愛は深く、揺るぎはしなかった。会社の再建のためにビアトリクスは新しい作品づくりに同意する。そして1918年は『まちねずみジョニーのおはなし』の執筆に時間をあてた。この年のビアトリクスは多忙で完成させるのは困難だったが、なんとかやりとげた。結婚生活の幸せにひたりながらも、農場の仕事をこな

し、さらにヨーロッパでますます拡大してきた戦争についても心配した。家族が亡くなるという不幸にも見舞われた。スコットランドの農場で弟が急死したのだ。しかしその影を引きずりながらも仕事はつづけた。

　ビアトリクスと弟バートラムはふたりとも、『まちねずみジョニーのおはなし』(1918) のチミー・ウィリーと同じように、都会よりも田舎暮らしが好きだった。この作品はイソップ物語の翻案である。田舎の野菜畑で生まれたチミー・ウィリーは、黄色や紫や白の小さなパンジーの花びらに囲まれて描かれている。チミーは野菜、とくにエンドウマメの入った大きなかごを見つけると我慢できない。挿絵では、かごはヒルトップの緑色の鉄の門のそばにおいてある。かごのなかで眠りこけてしまったチミーは、知らないうちに町へつれてこられ、ジョニーという町ねずみに助けられる。けれども家が恋しくて、ジョニーにこんなことをいう。〈おひさまがでてきたときの　ぼくのにわやおはなばたけ、きみにもみてもらいたいよ。バラやピンクのカーネーション、パンジーがさいていて、あたりはしんとしてるんだ。音をたてるのは、ことりや蜂やまきばの羊だけだよ〉。その後、チミーは自分の庭へもどり、やがてジョニーが訪ねてくる。けれどもジョニーは、チミーの暮らしも住んでいる家もあまりにも静かすぎると感じる。ビアトリクスはこの物語をこんな言葉で閉めくくっている。〈わたしはチミー・ウィリーのように、いなかでくらすほうがいいわ〉。

5 ⚞ 成熟期　　119

6. 結実期

「いなかねずみ」のビアトリクスは、地元の人と同じような生活をするようになる。ヒーリス夫人として村の慣習にもなじんだ。訛りはさておき、少なくとも土地の言いまわしをおぼえた。ロンドン社会の外で暮らすことで、ロンドンっ子としての責務や慣習を投げすてた。庭での服装も、麦藁帽子に地味な上着とスカート、履物も泥土の上でも歩ける木靴か長靴に替えた。では、突然の豪雨に見舞われたときはどうするか？ 穀物を入れるための粗布の袋を肩から掛ければいい。では、にわかに太陽が出てきたときには？ ルバーブの葉を頭のてっぺんに結わえつければいい。村人が見たこともないような服装に眉をつりあげても気にはしない。鏡をちらっとのぞき、自分の顔を見て豚を想い浮かべたとしても、こうした服装のほうが快適で落ち着けるのだ。

また庭には'ブルボン家の女王（クイーン・オブ・ブルボン）'と呼ばれるピンク色の品種など、なによりもバラをたくさん植えた。カースル・コテージの塀はすっかりバラに覆われ、開け放した窓から夏の靄のようにいい香りがただよってくる。ヒルトップのときと同じように、早春に花を咲かせるので気に入っているボケも植えた。また岩石の多い庭にはシダや高山植物を植えた。しかし年をとるにつれ、ときどき庭の世話が手に負えなくなってきた。そこで、それまで批判的だったダーウィンの自然淘汰説を受け入れたことを、従姉のキャロライン・クラークに正直に告白している。庭は〈これまでいつも多種多様な花や草がいっぱいでした。でも、ダーウィン説にしたがえば、やがてここは、自然に種が落ちるスノードロップ（マ

ビアトリクスの"自画像"(鉛筆とセピア色のインク、1924年)

ツユキソウ)、そのあとはラッパスイセンで一面覆われるでしょうね。実際、土を耕すのにちょうどいい時期はいつも雨が多かったり忙しすぎたりで、結局手入れができないので、そうしたこの地に適した植物だけがのび放題となり、リンドウのような小さな花はいつのまにか押し出されてしまいました〉[1]。しかし、それでも助言めいたことを一言付け加えないではいられなかったのだろう。〈リンドウは土に小石や古い石灰をまぜると水はけがよくなり、枯れないと思います〉[2]と書き添えている。

　ビアトリクスは労働の成果に喜びを感じていた。1920年代までにニア・ソーリー村のヒルトップ農場とカースル農場のほかに、クーリエ農場も購入している。クーリエ農場には広大な果樹園があり、ビアトリクスはそれを「カースルのお向かいさん」[3]と呼んでいた。果樹園にはさまざまな種類のリンゴを植えるだけのゆとりがあった。リンゴのなかには、例えばウースターペアメインやデヴォンシャー産のクアレンデンなどのように、そのまま食べるのがいちばんいいものもあれば、酸っぱいクラブアップルのように砂糖をたっぷり使って、ゼリーやジャムに加工するのがいいものもある[4]。ビアトリクスは果実の加工がとても上手で、ジャムやゼリーやマーマレードを大量につくり、それをパンと紅茶に添えて、訪問客に出し

ていた。それがちょっとした田舎のおもてなしの一品だった。

　ビアトリクスは子どものころ何人もの家庭教師に教わった。そのうちの
ひとり 'フロリー'・ハモンドの姪、マーガレット（'デイジー'）・ハモン
ドが 1922 年にセシリー・ミルズという友だちといっしょにソーリー村へ
引っ越してきた。デイジーとセシリーはビアトリクスからカースル農場の
古い母屋の前半分と、隣接する小さな家を借りた。そして急速にビアトリ
クスと仲良くなる。ふたりとも熱心な園芸家だった。ふたりが農場を留守
にしていた 6 月のある日、ビアトリクスはふたりの庭の手入れをしなが
ら、ふと衝動に駆られ、抑えきれなくなる。そのときのことをデイジーへ
の手紙で告白している。〈わたしはまたレタスを少々と、見事なオダマキを
こっそりいただいてしまいました。こんなにきれいで、こんなにも色の豊
富なオダマキを見たのは初めてだったのです〉[5]。ビアトリクスはまた、ふ
たりのバラについてもふれたあと、スイカズラについてこんなことを言っ
ている。〈この家には人が住んでいないか、あるいはいたとしても眠れる森
の美女しかいないかのように、ポーチのなかにまで入りこんで垂れ下がっ
ています〉[6]。

　ビアトリクスは夫の大家族を喜んで招いたので、きょうだいやその子ど
もたちが定期的にやってきた。きょうだいのひとりの孫娘、アン・ロレー
ヌは 2 匹のペキニーズ犬（1936 年と 1937 年にカースル・コテージへやっ
てきたテュシーとチュレー）をお供に、ビアトリクスといっしょに野花が
咲く小道を散歩したときのことをおぼえていた。ある植物の名前をたずね
たとき、ビアトリクスはおどけたような口調で、〈エンチャンターズ・ナイ
トシェイドっていうのよ。亡霊でもないし、魔法使いでもないわ。それは
ともかく、とってもいい名前だと思うわ〉[7]と答えたという（ちなみにエン
チャンターズ・ナイトシェイドは、これと間違いやすく猛毒をもつイヌホ
ウズキやナスの仲間ではなく、マツヨイグサやアカバナの仲間である）。
［日本語では近縁種のエゾノミズタマソウをさす］。ビアトリクスは庭の花を
摘んでは村の友だちに花束を届けたが、同じく植物に関する知識も惜しみ
なく伝えた。

ビアトリクスと牧羊犬のケップ。ヒルトップの石塀のそばで（1913年）

スイカズラ（ペンとインクと水彩、1895年頃）

　　農場の女主人としてのビアトリクスは、ときには矛盾した一面を見せることもあった。いつもは世間の注目を浴びるのが大嫌いなのに、真価のわかる素晴らしい人物、とくに外国からの訪問客とは楽しく過ごした。1921年にそうした客の最初のひとりがやってきた。ニューヨーク市からやってきた児童図書館の司書、アン・キャロル・ムーアは積極的な人物だった。グラスミアへ旅行する予定だったムーアは、ウォーン社に連絡をしてきた。『ピーターラビットのおはなし』と『ベンジャミンバニーのおはなし』のフランス語版を読んでいる子どもたちと祖母たちの写真を、ビアトリクスに見てもらえないかというのだ。ビアトリクスがめったに書かない招待状を送ったところ、すぐに返事がきた。6月のある朝、ミス・ムーアは船着場に到着し、それから長い丘陵地帯を歩いてのぼってきた。そのときムーアは生垣の野バラや刈り取った草のすがすがしい匂いをかいで、作品に描かれていた情景を思い起こしていた。一方、ビアトリクスのほうも「待

リンゴとマルメロ（水彩、1880年）

ち望んでいた人を迎えに」[8]干し草畑から出てきたという。ムーアは小道を歩いているあいだに、ビアトリクスのことはすでによく知っているような気になっていた。それから何年ものちにムーアはカースル・コテージの庭に最初に立ったときのことを思い出して、こんなことを書いている。〈絵本でよく知っていた花壇を見ていると、わたしはいつまでもそこに留まっていたくなりました。庭にはジギタリスが咲き誇っていました〉[9]。

　訪問者たちは、暖かい日には外の窓枠の下に並べられた鉢植えのゼラニウムを見て楽しむ。こうした色とりどりの夏の花は、オフシーズンにはカースル・コテージとヒルトップの室内の大きな窓のそばで光を浴びる。そこではサボテンもいっしょに日向ぼっこをするが、それは砂漠に自生する棘のあるサボテンではなくて、密林に自生する種々雑多なサボテンである。ビアトリクスはとくにクジャクサボテンが気に入っていた。ルーイ・チョイスとは、ときどき郵便で、種類も色もさまざまな挿し木を送っては

交換しあっている。雑種のクジャクサボテンは殖やしやすい。緑色の丈夫でしなやかな葉を土に挿しておくと、そこから根が出て、やがて赤みがかったさまざまな色の花が咲く。赤い絵具に青や黄色の絵具を少しずつ加えて生みだされたようなさまざまな色——深紅色やあざやかな赤紫やサーモンピンク——。ある夏、ビアトリクスはチョイスにこんな手紙を書いている。〈挿し木をありがとう。うまく根がつきますように。わたしはサボテンが大好きです。ここにもサボテンが6鉢あり、緋色の花だけは4年に一度しか咲きませんが、いつも2鉢か3鉢は花が咲いています〉[10]。

　訪問客は少数ではあるが、その後もたえまなくつづく。そのひとり、アメリカのフィラデルフィアからやってきたマリアン・ペリーは、ビアトリクスの生涯の友となる。またクーリッジ一家が行儀のいい子どもたちを引きつれて、同じくアメリカのマサチューセッツからやってきた。ビアトリクスははるばる海を渡ってやってきた人たちを同心と認め、花や家具のほかに挿絵や動物たちも見せた。そしてそのときのことをこんなふうに書いている。〈お客さんたちはきっと古き時代の思い出や、簡素な田舎暮らしの楽しさ、例えば家庭的な雰囲気のただよう古い農家や、静かな寂しい丘の荘厳な美しさといったものを味わっていたのでしょうね〉[11]。

　またアメリカの友人たちから本が送られてくるようになる。ビアトリクスがとくに喜んだのは、マリアン・ペリーから送られてきた本、メイン州の森や村の庭仕事を請負った人物を描いたサラ・オルヌ・ジュエット（1849〜1909）著の『とんがり樅の国（*The Country of the Pointed Firs*）』だった。また訪問者のひとり、フィラデルフィアの出版業者のアレクサンダー・マッケイからは、ジョイス・キルマー（1886〜1918）の詩集が送られてきた。この素晴らしい本を送ってくれたマッケイへの礼状に、ビアトリクスは次のような言葉を添えている。〈「樹木」に負けないくらい素晴らしい詩があるのですね〉[12]。ビアトリクスがそう評価した詩は、こんな言

▶ 右頁：ジギタリス（ペンとインクと水彩、1903 年頃）

126　　第Ⅰ部 🦋 園芸家としての人生

ヒルトップの庭を散策するビアトリクス（1913年）

葉ではじまっている。〈わたしは［この詩以外には］二度と目にすることはないだろう／樹木と同じくらい美しい詩を〉。

クーリッジ家の子どものひとり、ヘンリー・Pはアメリカの読者のためにも新しい作品を書いてほしいと言ってきた。

ビアトリクスは物語の構想をすでにいくつも練っていた。ビアトリクスの言葉をそのまま引用すると、次のようになる〈何度も季節が移りゆくあいだ、物語がわたしといっしょに歩き、わたしとおしゃべりしていたのです〉[13]。そうして1929年に出版された『妖精のキャラバン』は、各章のお

クジャクサボテン（水彩、1886年）

はなしがひとつながりになっている、動物たちだけのサーカス団の話で、ウエスト・ハイランド・テリア犬のサンディと、子馬のビリーが一座を率いている。また、この作品には、イングランド北部の野花のカタログといってもいいほど、植物がたくさん登場する。そしてビアトリクスが飼っていた羊や牧羊犬、鍛冶屋や炉、織工たちが歌うわらべ歌、ビアトリクスの住まいである農場や果樹園も登場する。ようするに非常に私的な思いのこめられた物語で、祖父母の屋敷であるカムフィールド・プレイスの古風な庭や森も、小鳥や花の思い出を織りこみながら描かれている。

6 結実期　129

ヤマネのシャリファが生まれた場所、サクラソウの茂み(『妖精のキャラバン』より)

　ビアトリクスは作家として有名になったことに甘えてはいなかった。同じく土地や庭も、取得しただけで終わりにはしなかった。1923年、ウィンダミア湖の対岸に広がる2,000エーカーもの広大なトラウトベック・パーク農場が売りに出された。ビアトリクスは30年も前からその農場を知っており、また、そこには河谷や急流や台地、さらに高原の湿原には護岸があることも知っていた。1890年代にそこで化石を探したことがあったからだ。ビアトリクスは早速その農場を購入し、農場の管理人と腕のいい牧羊夫のトム・ストーリーに給金を払って、農場と牧場の立て直しを依頼した。そして山間の傾斜地にも放牧できるとされてきた、昔ながらのたくましい品種、ハードウィック種の羊について専門的な知識を積む。そし

トム・ストーリーとハードウィック種の羊（撮影年不詳）

て雄も雌も最高の羊を定期的に品評会に出すようになる。また1930年にはハードウィック種綿羊飼育者協会の会長に選ばれる。

　ビアトリクスは伝統的な飼育方法を好ましく思ってはいたが、科学的な方法にも前向きで、化学物質の不思議な力を農場に採りいれる時代へと入っていく。例えば新薬を使って、羊に寄生した肝吸虫を退治した。ルイ・チョイス宛ての手紙にこんなことを書いている。〈石だたみのヒルトップの小道で、初めて除草剤を使いました。といってもヒ素は含まれておらず、おそらく人体に害はないと言われているものです。でも根深い雑草までは駆除してくれませんでした！〉[14]。また牧草を早く育てるために硫酸アンモニウムや科学肥料を用いたり[15]、家畜の改良策について、ほかの農場主と手紙で情報を交換しあったりした。さらには大きなシダがはびこって、侵略といってもいいほどになったときは、破砕機を1台買って、それ

牛のスケッチ（ペンとインクと鉛筆、日付なし）

を使った。

　ビアトリクスの人生は蒸気と鉄道の時代からエンジンの時代へと変わっていく。こうした変化がすべてビアトリクスの意に沿っていたわけではない。ウィンダミア湖岸の開発防止の資金集めに、ビアトリクスはアメリカの友人たちに絵を売ったり、『タイムズ』紙に航空機製造工場の建設とテスト飛行の騒音を非難する声明を投稿したり、ワーズワースのラッパスイセン畑を貫通するような道路の拡張に反対する人たちを支援したりしている。また1928年にはアメリカの友人、マリアン・ペリーにこんな手紙を書いている。〈田園地帯のこの狭い一画は、田舎の美しさを愛でる人たちのために、変えてはいけないのです〉[16]。

　1930年には『妖精のキャラバン』の収益で、さらにもう1か所、モンク・コニストンという広大な地所を取得する。家系やルーツに関心をもつ

ようになったときだったので、この土地にとくに惹かれたのだろう。地所の一部にかつて曾祖父が所有していた一画が含まれていたからである。こうしたビアトリクスの姿は広大な領地を所有する大地主への道をがむしゃらに進んでいるように見えるかもしれないが、ビアトリクスにはもっと崇高な志があった。古くからの友人であるハードウィック・ローンズリー牧師が湖水地方の自然保護、さらに広くイングランドの歴史的遺産や自然の景観を保全するために行なっている運動に、ビアトリクスも深く関わっていたのである。

　1895 年にローンズリー牧師がこの運動を推進するための民間団体、ナショナル・トラストを創設して以来、ビアトリクスは言葉でも行動でも支援してきた。ある意味でこの団体の運動とは、ひとつの地域全体の景観を設計することでもあった。ビアトリクスはまた手紙にこんなふうに書いている。〈湖水地方の俗化を防ぐために、わたしは自分のできる範囲でよくやっていると思っています。真の教育が進めば、手つかずの自然の美しさが高く評価されるようになるでしょう。ただ手遅れにならないといいのですが〉[17]。ビアトリクスはカムフィールド・プレイスやダルガイズ・ハウスを駆けまわっていた子どものころから、その後移り住んだ湖水地方の霧深い丘陵地帯や谷間を歩きまわる現在にいたるまで、そのときに自分が生活する場所を大切にしてきた。そこで夫のウィリーともども、自分たちの死後は、所有する地所をすべてナショナル・トラストに寄贈するための手続きをする。

　庭仕事には、ときには実際に自分でしなくてはいけないことがたくさんある。20 代のころ、ビアトリクスは伯父のハットンに「働きバチ」[18]と呼ばれていたが、その後もずっと「働きバチ」だった。ウィリーを通して、ビアトリクスはレベッカ・オーウェンというアメリカ人女性と知り合う。オーウェンは当時故国を去って、ホークスヘッドとアンブルサイドの途中にあるベルマウント・ホールというジョージ王朝風の荘厳な邸宅に住んでいた。オーウェンはあらゆる点でユニークな女性だった。やがてベルマウント・ホール邸を引き払って、ローマへ移住することになり、1938 年に

6 ▶ 結実期　　*133*

ビアトリクスに屋敷を売り渡す。ビアトリクスは以前からこの屋敷の庭を手に入れたくてむずむずしていたようだ。そして翌年、従姉のキャロラインにこんな手紙を書いている。〈古くからの友人で、風変わりなミス・オーウェンがローマで亡くなりました……そこで古い垣根に囲まれた1エーカー以上もの庭を、わたしなりに手を加えてみようと思っています〉[19]。ビアトリクスにとって、それは真っさらなスケッチブックを手に入れたようなものだった。あるいは「ピーターラビットの世界」を描くためのスケッチブックを1冊プレゼントされたようなものだったといってもいいかもしれない。実際にベルマウント・ホール邸の庭にはそんな世界が広がっていた。垣根沿いにはアザレアの花が咲いていた。また春の球根植物がカーペットのように敷きつめられていて、まるで夢の世界だった。しかし扇形に枝を広げた果樹は、いまにも枯れてしまいそうだった。そこでひびや割れ目を見えなくするために、果樹にクレマチスを這わせ、花をつける低木を新たに植えて、やがて果樹にとって替わるようにした。

　庭師の高齢化につれ、庭の低木の数は増えていく傾向がある。花をつける低木のほうが多年生植物よりも自力で生長し、手入れをあまりしなくてもすむからだ。73歳になったビアトリクスは、従姉のキャロラインが〈低木のほうがいいわ——手入れをあまりしなくてもいいから〉[20]と言ったのを思い出していた。そこでキャロラインに、ロウバイについて *Chimonanthus fragrans* という学名を挙げて、ベルマウント・ホール邸の庭でも育つだろうかとたずねている（いつもは植物に学名を使いたがらないビアトリクスが、これを例外としたのは興味深い）。ビアトリクスはすでにカリフォルニアライラックを植えていた。しかし記録に残すかのようにこんなことも書いている。〈ベルマウント・ホール邸にはあまり手のかからない低木を植えたいと思っています〉[21]。木は多年草とくらべても、とくに手入れをしなくとも長く生きるので、高齢の庭師には望ましいのである。

　ビアトリクスは「年齢」[22]を感じるようになっていた。1938年にはリバプールの婦人科の病院で診察を受けている。その後いったん自宅へもどるが、やがてまた入院し、子宮摘出を勧められる。当時はまだ手術が困難

マリアン・ペリー宛ての手紙で、ビアトリスはこのあたりを「田園地帯の小さな一画」と表現している（鉛筆と水彩、1912年）

だったので、回復しなかった場合にそなえて詳細な指示を残す。ウィリーのためにリストをつくり、友人たちに手紙を書いた。〈みなさまはお気づきになってはいなかったでしょうが、2年ほど前からわたしの体力は落ちていました。ヒルトップへ行くのもいつもやっとの思いでした。でも先週はとくに気分がよく、スノードロップをまた見ることができ、とても喜んでいます〉[23]。しかし体調がよくなると、いつまでも気持ちを抑えてはいられない[24]。〈天気がよくて庭で働けるときのほうが、いつだって気分がいいです〉[25]と手紙にも書いている。また2匹の小犬と庭に出て、ツゲノキの生垣のまわりでかくれんぼをすることもあった[26]。

　ビアトリスが退院してまもなく、辺鄙（へんぴ）なソーリー村にも第二次大戦の影響が押しよせてきた。成人男子と少年までもが戦場に加わった。農務省

6 結実期　　135

は国民に耕作地を増やし、ジャガイモの増産を求めた。夕暮れになると
ヒーリス家も灯火管制のもと窓辺を暗くした。ロンドンに住む親戚、ハイ
ドパーカー家がマナー・ハウスを軍に譲渡し、ヒルトップへ移ってきた。
田舎にも大都市ほどではないにしても爆弾が投下された。侵略される懸念
もあった。ウィリーは前の戦争のときと同じく、第二次大戦中も村の監視
員になった。しかしビアトリクスは、夫はヘルメットをかぶって夜間の監
視員になるよりも、農業委員になるほうがよっぽど似合うと思っていた。
〈残った者たちで「がんばります」。羊もキャベツもウサギも立派に育てま
すよ〉[27]とアメリカの友人への手紙に書いている。ビアトリクスはくじけ
はしなかった。そしてさらにつづけて〈湖水地方はほんとうに素敵なとこ
ろです。その高原地帯をだめにするなんて、ヒトラーだってそんなことは
できないはずです。わたしたちがみんないなくなっても、ここの岩もシダ
も、湖も滝もなくなりはしません〉[28]と言っている。

　しかしビアトリクスは終戦まで生きられなかった。インフルエンザと気
管支炎のために体が衰弱し、1943年12月22日に亡くなった。享年77
だった。ビアトリクス・ポター=ヒーリスは、夫のウィリーに看取られ、自
宅のベッドで亡くなった。ちょうど3週間前、ビアトリクスはルーイに手
紙を書き、最後に庭に入ったときのことをこう伝えている。〈わたしはいま
も体の具合がよくありません。空気が乾いてとてもきれいな霜がおりてい
るというのに、寒さに耐えられそうになくて残念です——ほんとうにすご
い霜——また咳が出てきました。でも長くはつづきませんでした。今日は
太陽が明るく輝いていて気持ちがいいので、日のあたるところで垣根に這
う蔓を切りとったところです〉[29]。

　ビアトリクスの遺灰は、農場の管理人で牧羊夫で、友人でもあったト
ム・ストーリーによってビアトリクスの所有地に撒かれた。場所は明らか
にされていないが、ヒルトップの母屋を見渡せる小さな丘の上だといわれ
ている。ビアトリクスは最後まで地に足がついた人生を送り、そしてつい

▶右頁：クレマチスのスケッチ（水彩、日付なし）

136　第Ⅰ部　園芸家としての人生

カースル・コテージの玄関前のビアトリクス（撮影年不詳）

　には大地と一体になったのだ。遺書では、4,000 エーカーの土地の所有権をナショナル・トラストに譲ることになっていた。しかし財産管理人たちが生涯利益（地所の所有者が生涯にわたってその地所から得られる利益）の一部を、ビアトリクスの夫のために保持したのは賢明だった。ウィリアム・ヒーリスは 1945 年 8 月に亡くなる。妻の死後、たったの 1 年半後だった。

　わたしたちがいまイングランド北西部のカンブリアの湖水や丘陵地帯、コテージや牧場の景観に接することができるのは、ビアトリクス・ポターとポターの絵本のおかげである。現在も湖水地方の湖畔には別荘は並んで

138　第 I 部　園芸家としての人生

カースル・コテージの庭でペキニーズ犬を抱くビアトリクス（1930年）

いない。ぎざぎざのまるで脊椎のような丘陵地帯に、この地に似つかわしくない別荘は一軒もない。ビアトリクスは著作だけでなく、土地という遺産を後世に残してくれたのだ。

　さらにまたビアトリクスは庭も残した。それがヒルトップを取りかこみ、訪れる人を招き入れてくれる。庭はいつまでももとのままの姿をとどめていることはできないが、それでも、稀にみる素晴らしいひとりの女性が植物と庭づくりに寄せた関心がいかに深いものであったかを、いつまでも思い起こさせてくれる。

6 ● 結実期　　139

第 II 部

ビアトリクスの庭の一年

スミレ（鉛筆と水彩、日付なし）

もしもビアトリクス・ポターがガーデン日誌を書いていたとしても、もう残ってはいない。それらは死後、おそらく本人の意向で、友人やファンや親戚からの多くの手紙といっしょに破棄された思われる。もしかしたら養樹園のカタログや、庭の雑誌や本などといっしょに、第二次大戦中に古紙回収に出されたかもしれない。〈今日の午後は新聞や本を整理しました。本の整理にはとまどっています。「廃品回収」が大流行していますけど、いまはやりすぎです。壊してはいけないものまでどんどん壊しているのですもの〉1)。1942 年の冬、ビアトリクスはアン・キャロル・ムーア宛ての手紙にそう書いている。ビアトリクスのガーデニングの本の大半は、死後分散してしまったが、今後さらに情報が出てくれば、将来の園芸史家を喜ばせることになるだろう。

　それはさておき、この第Ⅱ部ではビアトリクス・ポターの著作や絵画、過去そして現在の写真をたよりに、ビアトリクスとともに四季を通して庭づくりを体験してみよう。

冬

〈とてもいい天気がつづいています──見た目は、ですけど〉[2)]。

　ソーリー村にまるで大きな黒い鳥がとまるように、冬がどっかり腰をおろす。イングランド北部に夜の闇が迫ると、村のコテージのランプの明かりは消え、暖炉の薪や石炭の匂いもかすかになる。冬は中断の季節である。
　強風で天気が荒れると、村の船着場は何日も閉鎖され、乗船客は途方に暮れ、積荷は岸辺に置かれたままになる。風が吹くと煙突がヒューヒュー鳴り、水道管は凍って破裂する。道は悪くて危険だ。霜がおりても、土が乾いていればいいが、ビアトリクスの言葉を借りると「ぬかるんで、ぐちゃぐちゃ」[3)]である。また薄暗い谷間には冷たい霧がかかっていることのほうが多い。出発を一日一日と延ばすはた迷惑な客のように、日の短い冬の日が延々とつづく。
　そうはいっても霜は農場や庭にはありがたいものだ。ビアトリクスの書棚には、H・ライダー・ハガードの『ある農場主の一年（*A Farmer's Year*）』という本があるが、「冬」の章はこんな言葉ではじまっている。〈適度の霜は地表を砕き、何千匹もの害虫を死滅させてくれるので、土壌には恵みとなる〉[4)]。またエスウェイト湖でスケートをしている村人たちの姿を見るのも楽しい[5)]。エスウェイト湖は比較的浅い湖なので、霜がおりると急速に

▶ 右頁：冬の夜のヒルトップ（水彩、1910 年頃）

雪の日のヒルトップの果樹園

湖面が凍る[6]。

　人はつねに「緑豊かな冬」[7]を望むが、「東の低地」[8]から寒気や雨雲が近づくと、あたりは猛吹雪になる。山の頂（いただき）や険しい岩山や高地では、羊は身動きがとれなくなる。そこで羊の救出に牧羊夫と牧羊犬が高地へ出かけることになる。冬は屋内で飼育する牛や馬などの家畜が多ければ多いほど飼料が必要になるので、農場主であるビアトリクスはつねに干し草に気を配らなくてはいけない。そして納屋からもどってくると、青い光を反射する静かな雪景色に見とれる。

　冬にはヒルトップの庭は構造があらわになる。つまり骨組みがむきだしになるが、ビアトリクスが考えて取りいれたものが真価を発揮する。長い格子垣がいわば背骨の役目を果たし、雪で白く覆われる。すると菜園の石塀の灰色と、鉄の門の緑色がよく映える。

◀ 左頁：雪上の足跡（鉛筆と水彩、1909年）

ヒルトップの菜園入口にある
緑色の鉄製の門

▶右頁上：カースル・コテージ

▶右頁下：ヒルトップの冬の菜園

　ビアトリクスの挿絵では、自然と建築物で構成された背景が登場人物たちを縁どっているように、ヒルトップでは石塀と石だたみの小道が庭を縁どっている。カースル・コテージでは菜園のまわりに常緑のツゲノキの生垣がめぐらされているが、ヒルトップでは菜園のまわりはスレート塀が取りかこんでいる。建物はどうかというと、ヒルトップでは緑色の門と灰色の小石をまぜこんだ外壁が、カースル・コテージではピンクベージュ色の窓枠が、住み心地のよさと建物の耐久性に重要な意味を持つ。つまりこうした設計のおかげで、建物も庭も冬に耐えられるのである。
　園芸用具のある光景は静物画のような趣がある。鋤の木製の取っ手は

ヒルトップの庭の格子垣（左）、ヒルトップの庭にある鍬の取っ手（右）

くっきりと際立って見えるし、手押し車はまるで彫刻作品のようだ。

　冬になると、落葉樹は葉を落として、高木も低木も真の姿をあらわす。すっかり葉の落ちた庭の低木を見て、ビアトリクスは生育過程を観察する。スイカズラは脇芽が幹から左右対になって伸び、同じ位置で正反対の方向に分枝する［対生］。アザレア（セイヨウツツジ）の新芽は互い違いに生長して分枝する［互生］。

　ソーリー村の森林地帯では、つねに繁茂する植物がこうしたパターンを大規模に繰り返している。トネリコの葉枝は対生に、オークは交互に分枝する。カエデも対生で、ブナノキは交生。1937年にビアトリクスは弟子のデルマー・バナーという画家に、こんな手紙を書いている。〈冬はどんな木も、たとえ葉があろうとなかろうと、生育の仕方を見れば、どちらのパターンに属するか区別できます。ですから、時間があるときにじっくり観

ヒルトップの木製の手押し車

察してごらんなさい……その価値は十分ありますよ。岩山もそうですが、どんな樹木も、あるべき所にあるべき姿であれば美しいのです。たいていは見過ごされてしまいますが、樹木は生長の過程が素晴らしいのです〉[9]。

　冬の庭では常緑樹が主役である。ほかの季節では常緑樹は休眠しているといってもいいだろう。それはわたしたちがほかの植物の花や実、あるいは葉に気をとられているうちに、青緑色の針状の葉が背景のなかにとけこんでしまうからだ。しかし、とくに冬は粉雪をかぶると常緑樹の暗い色と鮮やかな輪郭は際立つ。ヒルトップの道路ぎわにある、樹皮が赤くて葉が深い緑色をした1本のアカマツは庭の境界をはっきり示してくれる。このアカマツは大木で、カースル・コテージからでも見えるので、2か所の庭はつながっているように見える。

　そのほか、ほかの季節には気づかなかった細部のかすかな生長にも目が

冬　151

種が飛び散っても枯れ残る果実

　行く。ヒルトップ農場でも、カースル・コテージの向こう側の果樹園でも、リンゴの古木の根が動脈のように地面に分け入り、樹皮が亀の甲羅のように目立つ。庭のライラックの樹皮はすべすべして灰色になる。カラマツソウやヤマブキショウマのような植物はいい天候がつづけば、種や茎が乾燥した状態で残る。しかしそのままにしておくと、翌年はさらに広範囲に種が広がるので、庭師は苦慮することになる。常緑樹のほか、コマドリや定住性の鳥たちも、冬の庭に色彩と動きを加えてくれる。

冬の庭のコマドリ

朝霜に明るく映える植物の残り葉

　霜がおりると、バラの葉はおりた霜で輪郭がくっきり浮かび上がり、しぼんだ赤い実と反りかえった棘(とげ)で、いっそう趣が増す。バラの棘は植物学用語ではプリックル（prickle＝刺状突起(しじょうとっき)）という。ビアトリクスはとくに「ピックル（pickle）」という音の響きが好きだったので[10]、この用語が気に入っていたのだろう。

　庭の最盛期には見過ごされていた小さな球根植物が、冬には自分たちの

冬　153

霜で縁取られたバラの葉

　季節を迎える。スノードロップ（マツユキソウ）はまさにそのひとつである。10月に芽を出し、葉は雪を払い落とす、とビアトリクスは述べている。冬が深まると、スノードロップの根は堅く凍った土を切るようにして進むので、ビアトリクスはこの植物のどこにそんな力があるのだろうと不思議に思う。細いが屈強な茎についた鐘形の花からは、新年の到来を告げる鐘の音が鳴り響いてきそうだ。スノードロップの学名、「ガランサス」はギリシャ語の「ガラ（乳）」と「アンソス（花）」に由来する。3枚の白い外花弁がまるで3滴のクリームのように垂れ下がっていることによる。

バラの実（ローズヒップ）（水彩、1878年頃）

　スノードロップにはさまざまな種があるが、それぞれ、外花弁に緑色の模様がある、花弁が細い、黄色っぽい、あるいは緑色っぽいといった、ごく小さな違いがある。こうした細かな違いが愛好家の興味をそそる。しかし実際的なビアトリクスがもっぱら栽培したのは、一般によく知られているガランサス・ニヴァリス（*Galanthus nivalis*）という種である。ビアトリクスはほかのものを集めるときにも、とくにオークの家具などを集めるときには細部にこだわったので、こうしたスノードロップの熱心な愛好家には共感をおぼえただろう。一般に球根植物はたいして重きを置かれない

冬　155

スノードロップ（水彩、日付なし）

ものだ。なかでもちっぽけなスノードロップは、できそこないのように扱われがちなのに、こんなに大きく取り上げられるのを不思議に思う人がいるかもしれない。スノードロップは、最大のものでも草丈は 26 センチほど。魅力はその形、純粋無垢な色、開花時期にある。この花はたいてい、花の少ない時期に花を咲かせるのだ。

『ピーターラビットの暦 1929 年版』より

　ビアトリクスが手紙でもっとも頻繁に取りあげているのもこの花である。しかし作品では、予備の絵を集めてつくった『ピーターラビットの暦 1929 年版』のほかにはまったく取り上げられていない。それは冬の情景を描いた『グロースターの仕たて屋』と、『妖精のキャラバン』全 23 章のうち何章かのほかは、多くの作品が、絶えず日差しがあって植物が最盛期となる、晩春から初夏にかけての庭を舞台にしているからである。
　ある年の 2 月、ビアトリクスは庭を眺めて、スノードロップをこんなふうに賞賛している。〈窓の前にも果樹園にも、また小道にも何千本ものスノードロップがあります。だからわたしは庭の手入れをしないようにしているのです。夏になっても、かわいいあの花を掘りかえしたくはありません。スノードロップは水をやらなかったり、それだけを単独で植えたりす

ヒルトップの
スノードロップ

るより、自然に群生させるほうがずっといいのです〉[11]。

　さらにいいことに、スノードロップは種が自然に落ちて繁茂する。元気に育っているときは、土をいじらなければ、やがて何千もの花を咲かせることができる。

　ビアトリクスの庭の何千ものスノードロップは、緑の葉と白い花の組み合わせが戸外のさまざまな色と調和する。そこにビアトリクスは荒涼とした真冬に鮮やかな息吹を添えるために、黄色いキンポウゲ（キバナセツブンソウ）とクロッカスを加える。すると明るい輝きがあたりを揺れ動かすように、鮮やかな色が早春の花粉媒介者に信号を送る。園芸家にとって黄色は、いわば植物を競って生長させる合図のピストルである。

　カースル・コテージでは、いち早くに花を咲かせる黄色のクロッカスが長い休眠のあいだ栄養を蓄えておいた球茎（球根）から、幼い葉や蕾（つぼみ）を包みこんだ小さな鞘（さや）状の袋を地上に押し上げる。この花について、ビアトリ

イトバサフラン・
クロッカス

クスはなにも語っていないが、早春に開花するクロッカスは、芝地を刈らなくてはいけなくなる前に、葉の芽が十分生長するので、自然にゆだねるほうが扱いやすい。だから狭い芝地に植えられたのだろう。この黄色のクロッカスは、おそらく金糸の織物を連想して命名された［英名は cloth-of-gold-crocus］といわれるイトバサフラン・クロッカスであろう。

　冬のキンポウゲ（キバナセツブンソウ）は、ビアトリクスが飼っていたペットのウサギの糞ほどの小さな塊茎から大きくなったものである。ビアトリクスはきっとこの花をカースル・コテージの小道沿い、あるいは窓や戸口から真正面に見える場所に植えたに違いない。そこだと花は冬以外の季節は静かに休んでいられる。カースル・コテージの冬のキンポウゲは夏のキンポウゲと同じ種で、よく晴れた日にしか花を咲かせない。しかし待つ価値は十分ある。ビアトリクスは美しい形にカットされた黄色い花弁と、そのまわりを襟のように取り巻く細長い緑の葉を気に入っていたのだ

冬　159

シナマンサク

ろう。
　ビアトリクスの庭には、カースル・コテージでいちばん最初に花を咲かせ、しかもこのキンポウゲの花とうまく調和する低木がある。浅い弓型の枝のオウバイ（ウィンター・ジャスミン、ちなみにビアトリクスは'ジェサミン'と呼んでいた）で、それは低いスレート塀の上まで見事に伸びていき、落葉した枝に黄色い蕾（つぼみ）が花開いたあと、葉の芽がそれにつづく。また種が自然に播（ま）かれ、地面に落ちるとどこにでも根付く。それに分配するのも簡単なので、ビアトリクスは庭いじりの好きな友だちからもらったのかもしれない。オウバイの花や葉は、ちりや岩石の破片などが非常にくっ

ヒルトップの庭の小道

つきやすい。いい状態を保つためには、冬の終わりに枝を掃除する必要がある。

　中国原産のシナマンサクのねじれた花弁は、晩冬の庭に黄色の華やかさを添えてくれる。またさらには、晴れた2月の朝などにはその香りを楽しむこともできる。このぴりっとした香りと刺激性を考えると、同種のアメリカ原産のマンサクから樹液を抽出して、それを利用して収斂化粧水（ひきしめ効果のある化粧水）がつくられているのもうなずける。

　冬は庭師の過去の足跡を消してしまう。ときどき手入れを怠るビアトリクスの庭では、雑草も含めてすべての草本が根だけ残して枯れてしまう。

冬でも健気に蕾をつけ、春の準備をするドウダンツツジの枝

　ただし土壌を掘りかえさなければ、苗床の植物は翌年もそのままそこに残る。
　ヒルトップに残されていたビアトリクスの遺品のなかに、ケント州のフォックス・ヒル・ハーディ養樹園の1911年版のカタログがある。どんな庭師も、カタログにある「新種、珍種の植物の付録つき」という文句を目にすれば、買わないではいられなかっただろう。そこには「最高級のスイセン、遅咲きまたは早咲きのチューリップ、促成栽培用の球根を各種取りそろえています」と誇らしげに書かれている。ビアトリクスは退屈な寒い日に読むために、そのうんざりするほどくどくどしい説明の載ったカタログを大切にとっておいたのだろう。
　冬は家の中から庭を眺めて過ごす時期でもある。ビアトリクスは手紙に

こんなことを書いている。〈雪の季節には、庭の小鳥たちに餌をやるとき以外、家のなかで過ごしております〉[12]。冬には発芽の様子を観察する。夏の味覚を楽しめるように、ジャムは食器棚に十分ストックしておく。やがてビアトリクスが起きだす前に日が昇るようになると、春はもうすぐだ[13]。〈3月になりました——まるでホッキョクグマが忍び寄ってくるように！ そして子羊のように気づかないうちに行ってしまうかもしれません。雪はさほど多くはありませんが、風は肌を刺すほど冷たいです。先週はとても天気がよくて、日差しのなかはとても暖かく感じられました。わたしはヒルトップで少し庭いじりをしました。垣根の下は暑く感じるほどでした〉[14]。ビアトリクスにとって至福のときだったことだろう。

春

〈春の花と同様、あなたのお越しをお待ちしております！〉[1]

　季節があともどりしなければ、4月の第1週までには春がやってくる。ビアトリクスの庭はイングランドの暖かい地域にある友人たちの庭とくらべると、「あともどりする」場合が多い。枝は裸のままで、かたくなに葉もつけなければ、花を咲かせようともしない。春の雪も珍しくはない。人は春の雪を見て、ソーリー村はイングランド北部にあることに気づかされる。〈今日は穏やかな日和で、植物が芽吹く春の息吹が感じられます。2週間後にまた雪、なんてことになりませんように！〉[2]。ビアトリクスは友人たちへの手紙にそう書いている。雪が解けはじめ、太陽が頭上高くなると春になるのだ。

　ソーリー村の道端や広々とした森林地帯では、淡い黄色の花弁に鮮やかな黄色の芯の英国種のプリムローズが草地に芽を出す。プリムローズ（primrose、サクラソウ）は春一番にたくさん花を咲かせる野草である。この花の名前はラテン語で「一番」という意味の *prima* と、同じくラテン語で「バラ」を意味する *rosa* に由来するので、ローマ人にとってもきっとそんな印象の花だったのだろう。プリムローズはソーリー村の渓谷周辺のじめじめした酸性の土壌にうまく定着している。フレデリック・ウォーン社から1930年に出版されたビアトリクスの最後の作品、『こぶたのロビンソンのおはなし』では、上海にむりやりつれていかれる子ブタがスタイマ

164　　第Ⅱ部　ビアトリクスの庭の一年

イングリッシュ・プリムローズ（鉛筆と水彩、日付なし）

サンザシの花（ペンとインクと水彩、日付なし）

スの市場で売ろうと、プリムローズを一束摘む場面がある。
　プリムローズやその他の野生の草花、例えばスミレやタイツケバナは、高原の農家が何世代にもわたってつくりあげた生垣の下で花を咲かせる。実用性はさておき、生垣は動植物の独特の生息環境をつくりだしてきた。生垣を成す低木は、春に活発に生育する。先端のとがったブナ科の木は、芽状突起が広がって新葉になる。サンザシやブラックサンザシ、スローサンザシは、まるで泡のような花弁の花が次から次へと開く。〈ブラックサンザシ・ウィンター〉[3]と呼ばれる、急な寒波が到来すると、たいていすぐに花を開きはじめるので、ビアトリクスはその日を心待ちにしている。

カースル・コテージとヒルトップのあいだの傾斜地にある「郵便局の牧草地」は小さなデイジーで覆われる。ビアトリクスはカッコーの第一声が聞こえてこないかと耳を澄ます。カッコーの鳴き声もまた確実に春の到来を告げる証だからである[4]。ファー・ソーリー村の上の森の一画は、「カッコーの鳴く森」と呼ばれている。そこまで歩いていくと、高地から小川のウィルフィン・ベックに雪解け水がどっと流れこみ、勢いよく流れる水音が聞こえる。3月はどこもかしこもじめじめしている。泥道も小道もよくすべる。〈畑のなかはぬかるんでいるので、大きなブーツがぬげそうになります〉[5]。ビアトリクスは子どもたちへの手紙にそう書いている。

春はゲッケイジュなど、庭の常緑樹やバラの剪定をするのにいい時期である。『グリム兄弟』のヒロイン［眠り姫］のように、樹木が休眠状態から目覚めるときだからである。樹木は生長期に余分な枝を落とすと精力的に活動するが、しばらくは毛を刈り取ったばかりの羊のように見える。花の咲く低木はうっかりして新芽を切り落とすといけないので、花が咲いたあとに枝を整える。実際スイカズラはこの時期、すでに花を咲かせている。日差しのある寒い3月の朝には、小さな花が素晴らしい香りを発する。この香りがなければ、この花の魅力は薄れる。

高原では見渡すかぎりスコットランド産のエニシダの黄色い花が開きはじめる。緑色のまっすぐな茎に、筆を垂直にしたような形で黄色い花が咲き、まるで蝶々のようだ。5枚の花弁は分かれて、1枚は直立の旗弁に、2枚は向き合った翼弁に、中心の2枚は竜骨弁になる。ビアトリクスはこのエニシダを庭に採り入れた。すでに庭にあったフジやスイートピー、インゲンマメなど、マメ科の植物はすべて花形が同じだが、エニシダは比較的肥沃なビアトリクスの土壌では、どんどんはびこって手に負えなくなる。それでももう一年は庭に残しておく。

庭を訪れたいというもうひとりの友人に、ビアトリクスは〈野生のスイセンは3月の北部の風を好まないので〉[6]、4月の半ばまで延期してはどうかと返事をしている。ビアトリクスが湖水地方へ移り住む1世紀も前に、ウィリアム・ワーズワースがウィンダミア湖のスイセンを一躍有名にし

カースル・コテージの前庭に咲くラッパスイセン

た。1804年にワーズワースは湖の東岸沿いに咲くおびただしい数の金色のスイセンを詩に詠んだのである。「湖のほとりで／木々の下で／そよ風にゆられ／踊っている」。ビアトリクスのおかげで、ソーリー村にはいまも野生のスイセンが花を咲かせる。

　ビアトリクスは野生のスイセンがウェールズの伯父の庭に優雅な趣を添えているのを見て、1906年に自宅の庭に移植した。そのときのことをミリーへの手紙でこう伝えている。〈ここには野生のスイセンが何千本もあるので、少し球根をもらっていくつもりです。ウィンダミア湖の近郊にもスイセンはありますが、わたしの果樹園には野生のスノードロップはたくさんあっても、スイセンは1本もないのです〉[7]。ビアトリクスは以前イー

家畜の放牧を待つばかりの「郵便局の牧草地」
ポスト・オフィス・メドウ

スターに伯父の屋敷を何度か訪れていて、野生のスイセンがあったのをおぼえていた。家族休暇で海辺へ行ったとき、子どもたちがスイセンの大きな花束を売っているのを見たこともあった。そのときの光景を何年ものちに出版する『こぶたのロビンソンのおはなし』に採り入れている。ロビンソンはスイセンを摘みとって市場へ行き、「たまごとスイセン、さあ、だれか買ってくれるひとはいませんか」と大声で叫ぶ。

　これらの野生のスイセンはいわゆる原種で、学名では *Narcissus*

春　169

カリフラワーを手にするピーターラビット
(『ピーターラビットの暦1929年版』より)

　　　　pseudonarcissus と呼ばれている種である。この純粋種は大昔から選別や交配によって一度も手を加えられていないものである。スイセンはもともと湖水地方に自生していたわけではなく、原産地は地中海沿岸なので、植物学者や園芸史家は、ローマ人が大英帝国に持ちこんだと推測している。しかしいまでは湖水地方にすっかり定着している。
　　　　ビアトリクスは野生のスイセンの魅力を称えながらも、花壇では多くの改良種を栽培した。植物学者はイヌやハードウィック種の羊のブリーダーと同じように、展示品としても売れ行きがいい品種を求めて、つねに研究をつづけてきた。野生のスイセンは何世紀にもわたって、こうした品種改良のターゲットになってきた。現在は草丈の高いものや低いもの、遅咲きのものや早咲きのもの、中心の萼(がく)、すなわち花冠の内側の副冠がラッパスイセンのように長いものや、萼が短いものなど、いろいろな種類が栽培できる。また外花弁を後ろへ反らせて、風にたなびいているように育てるこ

豆のさやのなかで眠る、いなかネズミのチミー・ウィリー(『まちねずみジョニーのおはなし』より)

ともできる。内側の副冠と外側の花蕚を同じ色、あるいは対照的な色にしたり、黄、白、オレンジ、赤のコンビネーションにしたり、ピンク色や緑色にしたりもできる。ビアトリクスは『妖精のキャラバン』のなかで、〈このなかに描いたスイセンは、濃黄と淡黄の２色の花をつける「バター・アンド・エッグ」といわれる大きな房の改良種だ〉と述べている。ビアトリクスはさまざまなスイセンを植えることで、少なくとも春の２か月はこの花が咲いているようにしていた。例えばタゼッタスイセンはとても香りがいいので、花瓶に数本挿しておくだけで、家中いい香りがする。

　ビアトリクスは外国へ旅したことはなかったが、地理的には多様な植物を集めて庭づくりをしている。子ブタのロビンソンが船に乗って「ボング樹の生えている島」へ行ったように、中国に旅したサー・ジョゼフ・バンクスが、1796年にイングランドに中国原産のボケを持ちかえっている。ビアトリクスは何年も前に両親とソールズベリーへ旅したことがあったが、そのころからその話を忘れないでいた。ボケは葉をつける前にサンゴ色の蕾（つぼみ）が開いて、早春にはヒルトップの正面の垣根を背にして花が咲く。

　春雨と気温の上昇で、牧草がどっと芽吹く。ビアトリクスのような農場

春　171

主にとって植物の生長ほどありがたいものはない。雌の羊を越冬した高原から生垣をめぐらせた「囲い地」につれてくると、4月にはその牧草地で子羊が生まれる。雌の羊は新しい牧草がないと、必要な乳を十分出すことができない。またそのころには家畜小屋の干し草もほとんど底をつくので、牛と馬もふたたび牧草地へつれだす。森の野生のサクラの木はまるで白い花で霞がかかっているようだ。雑木林や生垣のなかのハシバミは花穂を垂れて揺れている。小鳥は庭に巣をつくる[8]。

　ビアトリクスは自宅の食糧貯蔵庫にあるものと、村の商店や農家から得たものを食べていたので、「ロカヴォア（地元の食品を食べる人）」と言ってもいいだろう。しかし本人はそう言われると恐縮したかもしれない。ビアトリクスは食卓に野菜をのせるために、土を耕せる時期になるとすぐに作業をはじめる。ビアトリクスの書棚にある「欽定訳聖書」の伝道書によると、それがまさに植物を植える時期だという。畑に出ると、ビアトリクスは手にいっぱい土を取ってぎゅっと握りしめ、指のあいだからばらまく。土は適度に乾いていてくだけやすいことが重要だ。水分が多すぎると種が腐る。ヒルトップの菜園の塀は春の太陽の光を反射し、ほかの場所よりも早く土を乾燥させる。

　少し寒いくらいの気候を好む穀物はすぐに根付く。キャベツは同じアブラナ科のブロッコリーやカリフラワーと同じく寒い気候を好む。そこでこれら3つをすべて植える。またこの時期にカブの種を播（ま）くこともできる。それが発芽して数週間たってから、折をみて〈間引きする〉[9]。苗と苗の間隔を開け、しっかり根を張れるようにするのだ。そのあとレタスや青野菜の種播きにとりかかる。

　毎年春には小さなジャガイモ畑をつくり、子ブタのピグリン・ブランドの望みをかなえる。ジャガイモは少し寒い日を好むので、いつでも植えることができる。種（たね）イモは地下に貯蔵しておいた前年度のものを使う。新しいジャガイモが生長するには、1個の種イモにほんの数個の芽があればいい。春に早く発芽させるには、冬が終わるころに不要な芽を切りとっておくといい。種イモは先端が丸いほうを日光にあてて発芽をうながす。ジャ

ボルトン・ガーデンズの家の前でペットのウサギ（ベンジャミン・バウンサー）を抱くビアトリクス。背後には植物を保護するために金網が張られているのが見える（1890年）

ガイモは酸性の土壌を好み、石灰は土壌を中和して、pH（酸度）を上げる。ビアトリクスは畑の土に石灰ではなくてカルシウムを加えるために、古いモルタルをひと握りまぜていたかもしれない。ジャガイモは溝を掘った土のなかに種イモを植えて発芽させ、その上に覆いをかける。柔らかくなっていたり、小さすぎて植えるのに適さないものは、ヒルトップのブタが喜んで食べてくれる。農場ではむだにするものはなにもない。

エンドウマメは早く植えれば植えるほどいい。4月の半ばまでに植えられなかったとき、ビアトリクスは〈遅くなった〉[10]と悔やんでいる。採ったばかりの春のエンドウマメの味は格別だ。天候が好ましく、またもう一度種を播く時間があれば、エンドウマメは二度収穫ができる。時期をずらして何度か種を播くのはいい方法だが、播き終わったとたんにネズミに食べられないともかぎらない。ビアトリクスはネズミに食べられたエンドウマメの話をいくつかの作品で採りあげている。それでも一部は根を降ろし、蔓はらせん状に支柱をのぼっていく。この支柱は剪定された小枝を地面に刺しておいたものである。

ビアトリクスの動物にたいする感情は、やがて庭づくりへの情熱が高まるにつれて、いくぶん変化する。もっぱらピーター寄りだった気持ちは完全にとはいかないまでもマグレガーさん寄りになり、ときには動物をペットではなくて、有害と見なすようになる。

果樹の花をついばむ小鳥もビアトリクスの怒りを買う。〈春にプルーンの花がウソについばまれてだめになってしまいました〉とルーイ・チョイス宛ての手紙で、ビアトリクスはぼやいている。〈小鳥がまったく厄介者になってしまいました。アカスグリやグーズベリーからも蕾を取ってしまったんです〉[11]。経験豊かな庭師のビアトリクスはよくわかっていた。蕾がないということは、果実が実る時期になっても実を結ばないということだ。だから、してやられたという気持がいつまでも残るのだ。蕾をついばむ小鳥について、チョイスにまたこんなことを言っている。〈小鳥はとてもかわいいけど、時々ほんとうに撃ってしまいたくなります。たとえ保護鳥だろうと〉[12]。シカはほとんど森の外へは出てこないが、ときにはジャガ

ヒルトップの庭のルバーブ

イモやカブの畑で〈たくさんいたずらをする〉[13]。ある晩、垣根で囲ったヒルトップの庭に羊が入りこみ、キャベツの芽をひとつ残らず食べてしまった[14]。すると、ニワトリまでも羊をまねる。

　そこで種が根付くころには、ヒルトップの家畜を、とくにフェネラという雌鶏をカースル・コテージのほうへ移すことにする[15]。こうすれば種を播いたばかりの菜園がひっかきまわされないですむ。しかし、次の悩みのタネはウサギだ[16]。

　ビアトリクスにとってウサギは、子どものころも大人になってからも特別に大切なペットだった。「ミス・ポター」の家に行けば、いつもウサちゃ

春　175

ヒルトップの庭のライラック

んがいる、と期待してやってくる幼い子どもたちのために、農場にはいつもウサギ小屋をつくっていた。しかし庭にやってくる野ウサギは歓迎できない。そのときの心境を友人のマリアン・ペリーと詩にして詠みあっている。それはまったくのヘボ詩だが、ペリーはのちに記憶を頼りその詩を書きとめていた。

　　わたしがまだ無邪気で、
　　夜、寝るときに聞かせてもらうお話に大喜びしていたころ、
　　どんなおとぎ話の王女さまも

青葉茂るねぐらからあらわれる柔毛（にこげ）の友だち、
フロプシー、モプシー、カトンテール、
ピーターとはくらべものにならなかった。
とくにピーターはわたしの英雄、
どんな相手にもおじけず立ち向かっていった。
粗暴な皇帝ネロにも、邪悪な怪物にも、
人さまにものをねだるあさましい老人にも、
そして、あの恐ろしい鬼——マグレガーさんにも。

けれどもいまのわたしは白髪の身、
子守歌にそれほど夢中になれない。
柔毛の友にたいする固い信念を
少し変えた。
いまのわたしは死体を解剖しても、
涙を流すことはないかもしれない。
おお、ピーター、カトンテール、モプシー、フロプシー、
数えきれないほど多くの名もなき欲ばりな仲間たち、
わたしが骨折ってつくった菜園——
マグレガーさんの畑にまた入ってきてごらん。
容赦しないから[17]。

　野ウサギもルバーブは食べない。葉にシュウ酸があるからだろう。ル
バーブは副花冠が大きくて丈夫な葉のなかにまで伸びてくれば、そろそろ
収穫の時期である。ビアトリクスは若いルバーブを摘むと、料理に使う中
央の肉太の茎のほかはすべて捨ててしまう。もっと生長してから皮をむけ
ば、茎の繊維質は少なくなる。ビアトリクスがよく参照していたと思われ
る『ミセス・ビートンの料理本（*Mrs. Beeton's Cookery Book*）』に、こ
んな記述がある。〈パイやプディングをつくるのに、菜園で穫れるもののな
かでルバーブほど役立つものはない……しかもリンゴがなくなるころにル

ある春の日のヒルトップの玄関前

バーブは食べごろになる〉。一年のこの時期には、カースル・コテージのリンゴの収穫量は少なくなっているが、最後のわずかなリンゴは、ルバーブと調理すると、リンゴの甘さとルバーブの茎のぴりっとした（酸味のある）味わいがマッチして、とくにおいしい。

物語に登場するアヒルのジマイマなら、菜園に簡単に大きな巣をつくっただろう。そして夜のプディング用にとルバーブを摘みとろうとしたビアトリクスをいらいらさせたかもしれない。しかしルバーブは肥沃な土壌を好むので、ジマイマが糞をすることで、畑に必要な養分をあたえてくれただろう。

一年生の花の種は、前年の秋にとっておいたものを播けばよい。ビアトリクスは仕事をしているあいだ、ピーターラビットがジャガイモ畑に落としてきた靴といっしょに描いたようなコマドリに監視される。〈真っ赤な

春のヒルトップの風景（撮影年不詳）

帽子、いいえ、帽子ではなくて赤いチョッキを着た〉コマドリが〈キラキラした小さなビーズ玉のような目で〉[18]じっとビアトリクスを見つめている。コマドリはビアトリクスが土を掘り起こすときに、身をよじって現われる虫を待っているのだ。それからネコが近づいてくるのを警戒して、羽ばたきながら木のなかに逃げこみ、ピーチクパーチクさえずりながらあたりを見張る。

　ライラックは5月の半ばから末ごろまでに黒い蕾(つぼみ)を開いて花を咲かせ、めまいがしそうなほど強烈な香りを放つが、花を咲かせる前にハート形の葉で下支えをする。ライラックは長生植物である。ヒルトップでは、古くからある1本のライラックが応接間の下に根を張って、床板を持ち上げている。ビアトリクスは夫のヒーリスほど背の高くない人でも楽しめるよう

に、ライラックはほどほどの高さに保つ。そのために花が咲き終わるとすぐに剪定する。2年ごとに古い枝を1、2本切りとって、新しい枝が伸びやすいようにする。切らずに残しておいたライラックがヒルトップの前の菜園の垣根の上を覆いつくしてくれる。

　落葉性の変種であるアザレアはライラックの木陰で、ピンクや黄色のほかに、オレンジ色の花も咲かせる。この種のアザレアは葉よりも先に裸枝に大きな花が咲くので、今日の庭によく見られる小さい常緑の異種よりも華やかだ。また素晴らしい香りがする。アザレアとその変種のツツジは、ヒルトップの酸性の土壌をとても好むので、ビアトリクスが菜園にまずいちばんに植えた低木のひとつである。

　石庭の近くのシダは渦巻き状の若芽を広げる。小さな高山植物は農場の入口の近くにつくった垣根の切れ目に植えるので、花の咲く可能性は高い。小さくて丸いピンクの花を咲かせるハマカンザシは心地よさそうにそよ風に揺れる。リンドウや小さなユキノシタ、岩山植物や多肉植物はまったく邪魔されないで根を降ろすことができる。より大きな菜園では、耐寒性に優れた多年生植物がはびこって、高山植物は押し出されてしまう。ビアトリクスはときどき小さな植物を石づくりの古い飼い葉桶で育てる。馬の数を減らし、機械的な動力を多く使うようになったので、不要になった飼い葉桶を再利用しているのだ。

　庭のサクラソウ（プリムローズ）も咲きはじめる。枝状の燭台のようなサクラソウがアザレアの根元に群生し、放射状に伸びた青々した葉の上に、丈が高くて丈夫な花を咲かせる。サクラソウは年々増える。株分けするのも簡単なので、ビアトリクスはミリーに分けてあげる。土壌が適していれば、サクラソウは自生する。つまりヒルトップはサクラソウに適した場所ということになる。ビアトリクスはまた、花弁のまわりが白くて、まるで白いレースで縁飾りをしたようなクリンザクラを栽培している。その

▶右頁：ビアトリクスが住んでいた当時のヒルトップの庭。
春の植物が生い茂っている（撮影年不詳）

セイヨウ（ブルガリア）オダマキ（手前）とジギタリス

　小さな花を集めて、お気に入りの家具の上に飾るのが好きなのだ。
　球根植物が色あせてくるなかで、夏の多年生植物が土壌を強く押し上げて、休眠状態から目覚める。そして生長すると、それはやがて家に飾られる。そのあいまを自生の二年生植物が埋める。霞のかかったようなワスレナグサは、どの花も自然につくりだされるさまざまな色を補うように、毎年黄と青の花を咲かせる。比較的丈の高いゴウダソウはピンク色、ときには白色の花を咲かせる。4枚の花弁をそれぞれ十文字に広げるのはアブラナ属の花の特徴である。この花は株分けが（あるいはこっそりもらってくるのが）とても簡単なので、ソーリー村のほとんどどの庭にも少なくとも数本はある。
　ヒルトップのポーチの両側には、「コケをむしたような」葉のユキノシタがたくさん生えている。従姉のイーディスからもらった数本を、ビアトリ

イチゴを食べる、いなかねずみのチミー・ウィリー(『まちねずみジョニーのおはなし』より)

クスがうまく育てて増やしたものである。ビアトリクスはその変種の名前を知らなかったが、初めて育てたとき、ミリー・ウォーンのためにスケッチしている。春のあいだコケをむしたような葉は針金のような茎と可憐な白い花で覆われる。ユキノシタ属の学名 *Saxifraga* は「石を砕くもの」という意味で、名前からは「粉砕機」のような強い植物を連想するが、それは岩の割れ目に根をはることによる。実際は困難な環境のなかで、水分の多い場所を探して根を伸ばしているだけだ。

　ヒルトップの菜園を縁取るスレート沿いにはオダマキが群生し、村のゴシップをささやきあうかのように、微風に吹かれて花冠を上下に動かす。オダマキの栽培者たちはよく交配を行なうので、飛び交うゴシップよりも交配の数のほうが多い。交配はうまくいかないことも多いが、うまくいくと、たとえ不適切な交配でもしっかり根付く。これはおとぎ話とはまったく関係はなく、むしろ外観の特徴や色の傾向——つまり青と紫のシンプルな祖先にもどろうとする傾向——と関係がある。

　毎年、菜園のまわりのスレートが熱いさかりに、落ちたオダマキの種が発芽する。するとそれはさらにいっそう芽を伸ばそうとするようだが、長

春　183

スミレ（鉛筆と水彩、日付なし）

い主根をもっているので、植え替えるのはむずかしい。もともとビアトリクスは田舎の自由な気風を好み、土壌が適していれば、種が自然に播かれるようにするのがいいと思っている。そうすれば、毎年春になると、まるで気質が変わったようにオダマキは菜園に思いがけない趣を添えてくれる。

　ユキノシタとオダマキのあいだに、いかにも哀愁をおびたパンジーの花が咲く。一部はビアトリクスが採取した種を播いて育てた比較的大きな交配種で、そのほかは野生のパンジーのように、あちこちに落ちた種が菜園のいたるところで新芽を出したものである。「パンジー」というのは、シェイクスピアの言葉を借りると、「物思わしげな」という意味で、「熟考」と

ヒルトップの境界付近の早春の風景

いう意味のフランス語、*pensée* に由来する。ビアトリクスは『グロースターの仕たて屋』では、ネズミたちに畝織の絹で仕立てたサクランボ色の上着に、パンジーの刺繍をさせている。また『まちねずみジョニーのおはなし』では、いなかねずみのチミー・ウィリーのまわりにパンジーをあしらっている。

　パンジーはソーリー村のあちこちの生垣のなかに生えているスミレ属の植物で、ビアトリクスはヒルトップの果樹園の果樹のまわりに、この花を植えていた。

　日が長くなると、イチゴが実をつけ、リンゴの花が咲きはじめる。ビア

イングリッシュ・ブルーベル

　トリクスは庭仕事の経験を積むにつれ、春の花から秋の収穫量を査定できるようになる。5月のある日、ルーイ・チョイス宛ての手紙にこんなことを書いている。〈ダムソンプラムは実がなりそうだけど、プルーンはどうかわかりません。あまり蕾(つぼみ)がないから、リンゴはだめでしょう。ラッパスイセンがうっとりするほど美しく花を咲かせていましたが、今、チューリップが咲いてきました。庭はとてもきれいです〉[19]。

　春は樹液が出てきて、なんでもできそうな気がする。たとえそれが庭師の妄想だとしても、ほんとうに素晴らしい。前年にやろうと思いながら、時間と精力が尽きてできなかった庭の模様替えが、数か月もすると確実にできるようになる。タネツケバナやハコベなどの春の雑草はすっと抜きとれるし、いざとなれば食べることもできる。

ジギタリス（キツネノテブクロ）の茂みのなかにいるキツネを見つめる、アヒルのジマイマ（『あひるのジマイマのおはなし』より）

　ソーリー村の5月の森はまるでブルーベル（イングリッシュ・ブルーベル）の絨毯を敷きつめたようだ。ビアトリクスはその光景を〈空の一部が地に降りてきたみたい〉[20]と表現している。少々感傷的ともいえる描写だが、ブルーベルで一面覆われた森を見れば、だれもが感嘆するだろう。例えば「森に浮かんだ群青色のかたまり？」「陸の上の海？」といった具合に。そうなれば、ブルーベルはおそらく『妖精のキャラバン』のなかで描かれているように、自分でチリンチリンとベルを鳴らさなくてはいけないだろう。『きつねどんのおはなし』には、カースル・コテージの裏手の小道に置かれたブルーベルを飾りつけた桶が登場するが、この話のなかでベンジャミンバニーは、キツネどんの丸太小屋からただよってくるいい香りと

▶188〜189頁：今が真っ盛りのヒルトップのフジ

春　187

ヒルトップの玄関正面に咲いたクレマチス

麝香の杳りの違いについて述べている。この場面はまた『セシリ・パセリのわらべうた』にも登場する。名前からわかるように、イングリッシュ・ブルーベルは、青々とした心地よい島、グレートブリテン島が原産である。この種のブルーベルはスペイン原産のものより大きくて、ごわごわした感じのツリガネスイセンとは異なり、まったく別の種である。地元のアカリスと同じく、イギリスのブルーベルは国宝である。イギリス諸島の野生の草花の愛好家たちがいまもこの種を保護しようと努力していることを、ビアトリクスが知ればきっと高く評価するだろう。

　ビアトリクスは野生の草花を自然の一部で、自分の庭の延長にあるものとして大切にしていた。5月の末ごろに旅行を計画し、農場を訪問したいという人物に、こう言って奨めている。〈そのころは湖水地方をめぐるのにとてもいい時期です。ブルーベルは終わっているかもしれませんが、ジギタリスが咲いているでしょう。わたしが本物の森や小道をご案内しますよ〉[21]。ジギタリスは葉身が長く、ピンク色の釣鐘状の花は垂れ下がって

いる。またジギタリスはハチの大好きな花で、細長い花壇に高さと色彩を添えてくれる。個々の花は小指くらいの大きさである。ジギタリス（Digitalis）という名前をつけた植物学者は、「指（digit）」という語から、この名前を思いついたのだろう。古英語では「キツネノテブクロ（foxglove）」である。

ジギタリスは二年生植物で、ヒルトップやカースル・コテージの細長い花壇だけでなく、ソーリー村のあちこちの森や高原にも生えている。1年目のジギタリスは毛羽状の緑の根出葉が大きく群れをなして育つ。2年目には花が咲き、種が熟して地面に落ちる。そしてふたたび同じ周期がはじまる。〈わたしはちょうど今ジギタリスの苗畑の草取りを終えたところです。森の外よりはここのほうがうまく根付いてくれるでしょう。来春のために苗を一部保存しておくつもりです〉[22]。ビアトリクスはミリー宛ての手紙にそう書いている。

ヒルトップの正門は蔓植物にとってはキャンバスである。たくましいクレマチスはツルバラの大きな茎のまわりにからみついたり、縦樋のなかに入っていったりする。ところが春になると、この厄介な習性が価値あるものになる。家の正面が土台からスレートの屋根まで、クレマチスの花綱で飾られるのだ。そのあとすぐにフジがつづく。太い幹から花の蕾の距が突き出てきて、垂れたブドウの房のような花を咲かせる。

羊の下半身をもつパンは、いたずら好きの肥沃と春の神だが、古代の人がアシの竹笛で春を呼ぶパンの姿をイメージしたのももっともである。エスウェイト湖の浅瀬では、新しい緑色のアシが前年の古い茎を脱ぎ捨てて出てくる。カエルが目覚め、小鳥たちがもどってくる。春はまるで壺に入れたキバナノクリンザクラの花を使ったお酒のように発酵し、目がくらむような匂いを放つ。〈春は一年でもっとも美しいときです〉[23]。ビアトリクスはミリー・ウォーンに宛てたこの手紙でただそう言っているだけだが、湖水地方では、どの季節もそうだと言っているように思える。

▶春　　191

夏

〈乱筆でごめんなさい。いま干し草置き場からもどってきたばかりです。今日はなんて暖かいんでしょう！〉[1]。

　時計の振子が揺れ、カレンダーがめくれる。さまざまな花が6月までに花を咲かせようと焦っているようだ。ヒルトップの庭もカースル・コテージの庭も、花が咲くと活気づく。

　ドイツ原産のジャーマン・アイリスは淡い青緑色の葉先がとがっているので、小型の植物の綿毛を葉で突き刺してしまう。ビアトリクスは何年もこの花を観察し、花が開くのを待ちつづけてきた。ところがある年、隣人のセシリー・ミルズがこのアイリスを不快に思って引きぬいてしまい、古いモルタルの山の上に放りなげてしまった。アイリスはそんな場所でも咲くのを、みなさんはご存じだろうか。それからはビアトリクスもセシリーも、この驚くべきアイリスを、粉々に砕いたモルタルをまぜた土で育てるようになる。アイリスは確かに干拓地や痩せた土壌、モルタルの石灰分を好む。このような土壌に植えられたアイリスはいかにもうれしそうだ。また垂れ下がったひらひらした花弁は、ビアトリクスの父のほおひげに似ている。

　シャクヤクはビアトリクスにとてもよく似ている。いったん根付くと、

▶ 右頁：アイリスとチューリップ（鉛筆と水彩、日付なし）

192　第Ⅱ部 ● ビアトリクスの庭の一年

ヒルトップの庭のシャクヤク(撮影年不詳)

その場から動こうとはしない。あまり手入れを必要としない植物で、安定して花をつける。また太くて丸い蕾の上では、元気なアリたちがカントリーダンスを踊っているように見える(ちなみにビアトリクスの夫のウィリーは、伝統的なカントリーダンスの名手で、練習に励んでは、村の友人たちと競技会に参加していた。ビアトリクスも傍観者として楽しんでいた)。アリたちはそうやってシャクヤクから採取した蜜をせっせと集めているのだ。

　菜園の昆虫はつねに人の興味をかきたてる。ビアトリクスはときどき見とれてしまう。『のねずみチュウチュウおくさんのおはなし』(1910)に、ビアトリクスはカブトムシとハチとクモなどの昆虫を採り入れている。またチョウやガを見ていると、弟のバートラムが幼いころアフリカで狩りをするようなつもりで昆虫を採取していたのを思い出す。バートラムはチョウやガの翅をまるで戦利品のように陳列ケースのなかにピンでとめてうれ

シャクヤクやアイリスの咲いた庭で3匹の子ネコたちのしつけをするタビタお母さん(『こねこのトムのおはなし』より)

しがっていた。そして、ときどきビアトリクスにそれらを顕微鏡で観察して絵に描いてもらっていた。ビアトリクスはそのケースをひとつ、バートラムの描いた大きくて地味な何枚かの風景画といっしょに、ヒルトップの「新しい部屋」の壁に掛けていた。そして室内ではいつもこのような絵にかこまれて仕事をしていた。

　ヒルトップ農場のクモは室内でも室外でも安心していられた。〈わたしはむしろクモが好きよ。クモはハエをとってくれて役に立つわ〉2) 。ビアトリクスは幼い文通相手にそう書いている。また野ネズミのチュウチュウおくさんと違って、こんなことを強調している。〈わたしは夏にクモの巣を払ったりはしないわ。払い落とすのは春に壁や天井を白く塗るときだけよ〉。ビアトリクスは柔毛で覆われたクモなどの節足動物を顕微鏡で観察して絵を描いたことがあるが、その絵は生物学的にじつに正確だった。

ヒルトップの有刺鉄線にはったクモの巣

　菜園の昆虫は視覚と同じく嗅覚によって植物に引き寄せられる。夏は嗅覚の季節であり、ハーブが盛りになる。広大なセージの茂みでは、四角い茎の先に花が咲き、銀色に輝く葉からは長期にわたって芳香が発せられる。イギリスの料理研究家、ミセス・ビートンはジャコウソウ、ミント、マジョラム、セイボリー、バジルらとともに、セージを「スイートハーブ（香りのいいハーブ）」と呼んでいる。カモのローストに使うのもいいが、シチューやセイボリー・パイを焼くのに香辛料として加えてもいい。
　夏はまたローズマリーの花が咲く。地中海沿岸原産の植物が湿気の多いイギリス北部の環境にすっかり順応するとは、まるで奇跡のようだ。これは多くのイギリス人が冬の休暇に南へ向かうのと逆のパターンといえるだろう。しかしソーリー村の土壌は雨が降ってもすぐに地面が乾くので、ローズマリーに適している。

ガのスケッチ（ペンとインクと水彩、日付なし）

　シェイクスピアは『ハムレット』で、ローズマリーをこう表現している。
〈これはローズマリー。ものを忘れないようにするためのお花よ〉。ビアト

夏　197

リクスは20代のころ、シェイクスピアの戯曲の多くを暗唱できた。そして その後も、絵も読書も、執筆も庭づくりも、物事をひとりで追及する姿 勢は変わらない。夏が近づくと、ローズマリーはランのような小さな青紫 の花を咲かせ、灰色の縦縞の入った緑の針状葉をつける——この色の組み 合わせは対照的でもあり、補色でもあり、画家にはその価値がよくわかる。 またその姿ばかりでなく、匂いがさらに素晴らしい。枝を軽く手で払った だけでも匂いを発する。鼻につんとくる刺激の強い匂いで、おそらく忘れ られなくなるだろう。

　ビアトリクスは青灰色のラベンダーの茂みを見ると、母としてやるべき ことを成し遂げたような達成感をおぼえる。ビアトリクスはこのラベン ダーを何年もかけて挿し木から根付かせたのだ。砂をまぜた土壌に小さな 茎を突き刺しては植えた。そして挿し木が根付くと、そのたびに奇跡が起 こったような気がした。ビアトリクスはボルトン・ガーデンズの勉強部屋 で教わったラテン語から、ラバレ（*lavare*）は「洗い落とす」という意味 だと知っていた。これを語源とするラベンダーは亜麻布を真新しくしてく れる。ハチもまたラベンダーを好む。

　ビアトリクスは、花びらの縁がギザギザで、灰色がかった緑の茎が小さ い、「ピンク」と呼ばれるカーネーションが気に入っていた。この種のカー ネーションは16世紀から英国人に愛されてきた花で、ビアトリクスのコ テージの庭にまさにぴったりだった。「ピンク」というのは、もともと「ナ デシコ」（カーネーションもナデシコ科に属する。別名オランダナデシコ） を意味する言葉で、花の色にちなんで、色の名前にもなった。また動詞の 「ピンク（pink）」はもとは「突き刺す」「穴をあける」という意味だった が、布の端をジグザグに切って飾りをつける「ピンキングばさみ」の名の 由来にもなっている。フォー・パーク邸には「ピンク」の大きな花壇があ る。ビアトリクスはやがて『ベンジャミン バニーのおはなし』の挿絵に使 おうと思いながら、「ピンク」の絵を描いていたという。ヒルトップの石だ

◀左頁：ラベンダー（鉛筆と水彩、日付なし）

たみの小道の端には「ピンク」の灰色がかった葉がぎっしり茂っている。

「ピンク」と同属のアメリカナデシコ（英名は Sweet William）は、ウィンダミアに住む従姉のイーディスの庭からもらってきたものである[3]。植物を分かち合うことのいちばんのよさは、その植物を見ると贈り主を思い出すことである。

夏の庭は個々の花がそれぞれに価値を認められる春と違って、一面花で埋めつくされる。〈ここの庭はとっても華やかです。草地はどこもかしこも白い鐘状の花で、家はバラで覆われています。いま「ピンク」が満開です〉[4]。ビアトリクスは顔を輝かせて、ルーイ・チョイス宛ての手紙にそう書いている。

夏はさらに多くの低木が花を咲かせる。シモツケソウの花はまるで小さな花束のようだ。アカスグリとグーズベリーは小さな花が咲き、やがて丸い実になる。カースル・コテージの生垣のなかでは、ヨウシュイボタノキの蕾（つぼみ）が開き、ミツバチを誘いこむ。ミツバチは吸い取った蜜を足の裏にある蜜胃（みつい）といわれる小さな容器に貯めて運ぶ（蜜胃は、かつて羊毛を運ぶ人々が、湖水地方によく見られるでこぼこの石橋を渡るときにロバや馬の背にのせて使っていた荷かごに似ている）。

バンダイソウはヒルトップの家の窓枠の隙間やスレートの割れ目にまで入りこんでいる。これはニラネギとはまったく違って、ブリテン諸島原産の数少ない多肉植物の一種である。ビアトリクスは金縁で装丁されたサワビー著の『英国の野花』の索引で調べ、バンダイソウはベンケイソウ科のヤネバンダイソウ属（*Semperivivum*）で、文字通り「つねに生きている」植物であり［ラテン語の *semper*（常に）*vivus*（生きる）に由来］、その種名のテクトラム（*tectorum*）が「屋根や家」を意味することを知る。また放射状の小さな葉は多肉質であり、7月になると1本の茎からふいにピンク色の花が咲くことも知る。過去にはこの花は家を稲妻から守ってくれる植物だと考えられていたが、21世紀の今日では、「緑の屋根」をつくるための植物と考えられるようになった。こうして古いものがふたたび新しく取りあげられるのだ。

カーネーション（ペンとインクと水彩、1904年頃）

現在のヒルトップの境界付近の夏の風景

　なかには何年かたつと育ちすぎてうっそうとしてくるものもある。春にリンゴの木に花がいっぱい咲いたなら、花の咲いている若枝を剪定(せんてい)しないと、たくさん実を結ばない。ある年の夏、ビアトリクスはこんな悲鳴をあげている。〈そしてリンゴの剪定も！　わたしはいまハサミでリンゴの木の

ヒルトップの夏の庭（撮影年不詳）

枝を落としているところです。手の届く範囲ですけど〉[5]。そうしないとリンゴの生長が妨げられて、逆に実の数が減ってしまうのだ。

　6月の終わりまでには最初のバラが咲き、夏の盛りのあいだ、アーチをなした色彩と香りのショーがくりひろげられる。バラは剪定したり、枝を結わえて固定したり、肥料をやったり、しおれた花を摘みとったりしなくてはいけない。手入れを怠ると浮浪児のようになる。どんなバラも栽培に

ヒルトップのリンゴの木

は苦労が多い。しかしビアトリクスは庭にバラがなくては満足できない。〈小さな窓ガラスからちらっとのぞきこむピンク色のセイヨウバラほど愛らしいものはない〉[6]と言う。しかしバラの栽培者のなかには、セイヨウバラは「ずんぐりしすぎている」と言う人もいる。ビアトリクスは自分の体形について、「わたしは太っているけど、活動的よ」[7]とうれしそうに言って、ふっくらした花を抱く。

　ビアトリクスは窓辺にバラを植えることで、ヒルトップの主室と庭との

ヒルトップの
バラの花と蕾

　つながりをつくる。また家のなかにもさまざまな色を選んで使った。玄関ホールと台所には花柄の壁紙を貼り、階段は緑色に塗り、2階の居間はピンク系の色で統一し、壁に掛ける風景画は外の景色に呼応したものにした。寝室にはチェアレールの上のほうに派手なデイジーを描いたウィリアム・モリスの華麗な壁紙を使い、ビアトリクス自身の骨董品を収納しているヒルトップの貴重品室には、2枚の植物画の原画、ヴァレンタイン・バーソロミュー画伯のバラとサクラソウの絵を掛けた。
　カースル・コテージにはビアトリクスが植えたモスローズ（コケバラ）の花が咲いている。モスローズの茎と萼(がく)は、コケかハリネズミのような毛で覆われていて、庭のほかの多くの植物と同じく、とても香りがいい。こうしてビアトリクスは身のまわりを視覚と嗅覚の嗜好品、色彩と香気でつつんだ。

夏　205

庭のバラとヒルトップの母屋

　ビアトリクスはハシドイと呼んでいるが、一般にはバイカウツギといわれる花もまた、匂いを楽しむ喜びをあたえてくれる。とても香りのいい花なので、訪問者は思わず香りのほうに顔を向けてしまう。そのときの表情をどう表現すればいいだろう？　だれもが目を凝らしてただじっと見つめる。しかし実際は目ではなく鼻を使っているのだ。白い花は目立たないし、茎の伸びかたは無秩序だ。香りのよさだけで、ビアトリクスの華やかなパンテオンに居場所をあたえられている植物である。

　オトギリソウがヒルトップのドアをノックする。そのときの様子をビア

ヒルトップの玄関
ごしに外を眺める
(鉛筆と水彩、日付
なし)

トリクスはこんなふうに表現している。オトギリソウが〈ポーチの敷石のあいだから顔を出し、いまはもう玄関の壁と敷石のすきまからのぞいている〉[8]。オトギリソウは「聖ヨハネの植物（St. John's wort）」と呼ばれる花で、ヒルトップではたいてい6月24日の「諸聖人の日」に間に合うように咲く。また何か月も鮮やかな黄色い花を咲かせ、しかもあまり手入れをしなくても生長する、ほんとうに申し分のない植物である。木の間から差しこむ日の光でその葉を見ると、小さな窓のような丸い点が見える。オトギリソウには魔女や抑うつ状態を追い払う力があるとして、英国では大昔から重宝されてきたのも不思議ではない。ビアトリクスの時代から化学者たちはこの花には抑うつ状態を緩和する効能があることを認めてきた。

ただし魔女裁判についてはいまも陪審員の判決は一致していない。

　大きなトランペット形の花が咲くユリはじつに壮観である。ビアトリクスは初めて自分の庭を持った年から、ミリー・ウォーンにはっきりこう言っている。〈アザレアのあいだにユリを植えるつもりです。砂と古いモルタルと泥炭をまぜ、細心の注意を払って植えていきます。ここには黒い泥炭の土壌があるので、きっとうまく育つと思います〉[9]。ユリの球根はとても大きく、芽や蕾を保護する芽鱗が重なりあっていてとても美しいので、土壌に植えるのは残念な気もするが、地上に首を出して毎年壁にもたれかかるようにして花が咲き、夏の到来を知らせる。

　夏は鐘形の花をつける白いホタルブクロ（ツリガネソウ）がもっとも好まれる。ホタルブクロはかなり自由奔放に種を落とし、庭全体に広がっていく。冬は好きなところどこにでも不意に芽を出して、庭に彩りを添える緑と白のスノードロップ（マツユキソウ）が好まれるが、夏はそれに相当するのはホタルブクロである。

　ビアトリクスが春に植えた種は夏に成果を現わす。スイートピーは3本の支柱に巻きひげをからませて這い上り、妖精たちが住みつきたくなるようなテント小屋をつくる。ビアトリクスはパステルカラーの花を切って、室内に飾ったり、花束をつくって隣人に分けてあげたりする。スイートピーは切れば切るほどたくさん花が咲く。ポピー（ケシ）は蛹が羽化してチョウになるように、蕾から花が開く。モクセイソウとストックは香りも花弁も増す。ヒャクニチソウとタチアオイは霜がおりるまで、まるで色の祭典のようにさまざまな色の花を咲かせる。実が熟すと、ビアトリクスは忘れず種を採る。

　庭の小道はシモツケソウで泡立っているように見える。のんびりした夏の日には、ビアトリクスは散策を楽しむ。野の花も小鳥も、野生の動物も家畜も、ビアトリクスの屋敷の一員であり、ドメスティックエコロジー（自然の生態系）には欠くことのできない存在である。ビアトリクスは夏の終

▶右頁：オニユリ（セピア色のインクと水彩、1900 年頃）

蕾をつけたポピー

◀ 左頁：白いホタルブクロ（ツリガネソウ）

わりになると、子どものころから大好きだったキノコ類を探しはじめる。そして採取したキノコの一部をその後何年にもわたって作品の背景に使う。例えば『りすのナトキンのおはなし』では、木の切株のそばの傘にひだのあるキノコ（ハラタケ属）を、『まちねずみジョニーのおはなし』では、チミー・ウィリーのテーブルとして、また『妖精のキャラバン』では、ハラタケを話のカギとして使っている。ビアトリクスにとってソーリー村を歩きまわる時間は、「ああして、こうして」と声高に訴える植物や家畜からつかのま解放されて、いわば自分の世界に浸れる時間を得たようなものだった。

　天気がよくて気温の高い日がつづくと、ボートを漕ぎたくなるものだ。弟のバートラム、あるいは父がエスウェイト湖で魚釣りをしていたころ

ソーリー村の牧草地に生えるキノコ

　は、ビアトリクスもたまには釣り糸を垂れることがあったが、たいていはボートを漕いでいた。今、ビアトリクスがよく行くのはモス・エクルス湖である。夫のウィリーが平底のボートに乗って湖に釣り糸を垂れているとき、ビアトリクスはボートを漕いだり絵を描いたりしながら、ときおり優しい眼差しをウィリーのほうに送る。この小さな湖にはビアトリクスが姪のナンシーと植えた赤と白のスイレンが見事に定着している[10]。

　またこの湖畔には、数本の高山性シャクナゲも生えている。ビアトリクスは、これらのシャクナゲをまるで野花のように掘り起こしてきて、自分の庭の窪地に植えるつもりでいるのだろうか。花の生長をじっくり観察し、次にそれを遊牧の羊から守るために、まわりに目の粗い金網を張る。湖水地方には適さないコーンウォール地方のヒース［これをヒツジが餌にす

キノコの生えた木の切り株の上で遊ぶ、リスのナトキン

る〕が近くに生長しはじめているからだ[11]。さらにまたそれが湖水地方のヒースと同じものどうかを確認するために、ルーイ・チョイスにサンプルを送る。ヒースは根を包むのに使用されることがあるので、おそらく養樹園の苗木鉢のツツジといっしょにヒッチハイクしてきたのだろう。「ヒース」といえば、植物の名前でもあり、ヒースが自生する荒地のことでもあるが、語源は「荒地（heath）」という意味のアングロサクソン語である。また「異教徒（heathen）」も語源は同じである。

　異教徒といえば、夏の観光客はまさに異教徒の大群のようにどっと押しよせる。その数は湖水地方の羊よりも多い。ビアトリクスは交通事情について、1922年にルーイにこんな手紙を書いている。〈道路は数年後にはどうなるのかしら。昨年の夏のウィンダミアとアンブルサイド間の車の交通量は、前年の夏よりも120パーセントも増えました〉[12]。そう言いながらもビアトリクスは自動車の価値を認めていた。マリアン・ペリーが遠くからやってきたとき、ペリーと田園地帯を自動車でまわり、最後にピクニッ

モス・エクルス湖

クをするが、この日を記念すべき日として赤い文字で記している。

　ビアトリクスの農場を訪れる人たちは、たいてい干し草畑で女主人を見つける。夏は干し草づくりの季節である。ビアトリクスの手紙でも、干し草と天候の２語が頻出する[13]。〈そのうち４日間は暑くて、雨が一滴も降りませんでした。それでもふたつの牧草地で干し草をつくり、トウモロコシを収穫しました……そして結局２週間、「郵便局の牧草地(ポスト・オフィス・メドウ)」にいました。ただし晴れのつづいた週は、少しずつ草を刈っては干し、刈っては干ししていました〉[14]。牧草も穀類も刈り取って乾かしてから貯蔵しなくてはい

スイレン（ペンとインクと水彩、1906年）

けない。そのあいだに雨が降れば、またもう一度この作業を繰り返さなくてはいけなくなる。雨が多いと干し草は腐ってだめになる。干し草は、冬のあいだ牛と馬にあたえる家畜の飼料（ただしハードウィック種の羊は痩せた山の牧草地を好むので、干し草は必要ない）。干し草が不足すると、牛を何頭か売らなくてはいけなくなる。ビアトリクスは経験豊かな農場主である。たとえわずかでも農場から利益を得たいと思っている。

　夏の終わりのビアトリクスの庭では、フロックス（クサキョウチクトウ）が立役者となり、8月まで花が咲く。猛烈に雨が降ると、草高が高くて香りのいいフロックスは、丸い大きな花冠が垂れて茎が倒れる。そしてだめ

ピクニックをするビアトリクス（左）とマリアン・ペリー。このときのことをビアトリクスは、こんなふうに書いている。「我慢強いあなたのおばさまは、まるで成熟した羊のようです。でもわたしは牛というよりもむしろおとなしい魔女って感じ」[15)（ペリーの姪のベッティ・ハリス撮影、1930年）

になってしまうので、杭で支えなくてはいけない。杭には低木や果樹を剪定したときに残しておいた小枝を使う。すると自然色の小枝は庭の緑の葉とすんなりと調和する。

　黄色いオカトラノオが花を咲かせる。ビアトリクスの書棚にあるジョン・ジェラードという植物学者の『博物誌（*Herbal*）』には、こんな記述がある。犂を引く牛や馬は、手綱に花を結びつけると温厚になる。つまり敵意を失くしてしまう。ビアトリクスがオカトラノオを好むのは、夏の花壇に高潔で生気に満ちた趣を添えてくれるからだ。確かにビアトリクスの

ソーリー村の畑の穀物の束（鉛筆と水彩、日付なし）

　花壇では、オカトラノオはとても心地よさそうで、まるで象のトプシーのようにどんどん生長する[16]。
　ところでビアトリクスは庭仕事に手伝いを雇っていたのだろうか。それとも雇っていなかったのだろうか。ビアトリクスの母はリンデス・ハウ邸に住んでいたころ、経験豊かな庭師を雇っていたが、ビアトリクスは、ルーイ・チョイスがいないときには、村の若者を何人か雇って、なんとか仕事をこなしていた。チョイスに宛てた手紙に、最近雇った若者はまったく見込みがないとぼやいている。〈ギシギシやタンポポを引きぬく意味もわかっていないのです。水はけをよくするための傾斜を平らにしてしまう

フロックス(左)、黄色いオカトラノオ(右)

し、戸口の外の踏み段のコケや、わたしが大事にしていた小さなユキノシタまで取ってしまいました。まったく判断力もなければ聞く耳ももたないのです〉[17]。ビアトリクスは庭と家を融合したいと思っていたので、外階段に自生する感じのよい草木は、庭と家を一体化するための大事な道具のひとつだったのである。

　夏は雑草との戦いの場である。春はまだ雑草は小さいので、抜きとるのも、無視して放っておくのも簡単だが、夏まで背を向けていると、ビアトリクスの言葉を借りれば、〈伸びすぎてからまり、地上の昆布のようになる〉[18]。あるいは〈からみ合って手のつけられない状態になる〉[19]。ノボロギクのような一年生植物や、タンポポやギシギシのような多年生植物がはびこると、近隣住人から非難されることにもなる。それでもこうした植物がもたらしてくれる喜びのために、ビアトリクスはある程度大目に見る。

　8月末までにはダムソンプラムが開花しはじめ、やがて古代の異国の味

夏のヒルトップの庭

のする実を結ぶ。またローマ帝国の歴史がビアトリクスの興味をそそる。「ダマスカスのプラム」、つまりダムソンプラムをイングランドへ持ちこんだのはローマ人である。プラムは一般に水分の多い土壌を好むので、湖水地方の気候はプラムに最適である。また果実には丸い種があり、いわゆる核果類である。ビアトリクスはダムソンプラムの種を取りのぞいてから大量の砂糖を加え、ジャムをつくる。実は非常に酸味が強くて、木からもいですぐには食べられない。おかげで近所の子どもたちがこれを狙って果樹園に侵入してこないので助かる[20]。

　リンゴとヨウナシは夏にどんどんたくましくなる。もう何年も前から、収穫時期がちょうどボーイスカウトがやってくるころと重なる。ビアトリ

▶220〜221頁：ビアトリクスが住んでいた当時の夏のヒルトップ。隣家との境界付近（撮影年不詳）

夏　219

グーズベリー（左）、ブラックベリー（右）

クスは農場で野営するボーイスカウトを喜んで受け入れている。しかしリンゴ園に忍びこむ子どもをたびたび見かけるので、まだ実が熟していない小さな木には近づかないことなど、いろいろな注意点を指導者と話し合う。しかしそのあとも〈隠した青いリンゴの実で洋服がふくらんでいる子どもたちを見つけた〉という[21]。そういう子どもには、リンゴをしっかり調理してから食べなさいと言って追い払う。すると子どもたちは〈おばあさんに万歳三唱！〉と大声をあげる。若さとはそんなものだとあきらめるしかない。

太陽が高くなり日が長くなると、ビアトリクスは冬のことなどすっかり忘れてしまう。しかしジャガイモを地下の食糧庫に保存するころになると、またいつのまにか考えるようになる。ペポカボチャがよくできたり、大きくなりすぎると、ジャムをつくる。他にも保存する果実はいろいろある。果樹園からはクラブアップルやダムソンプラム、庭からはイチゴやラズベリー、グーズベリーやアカスグリの実、また庭の果樹からはニワトコやナナカマド、ブラックベリーの実が穫れる。ビアトリクスはレイ・カースル邸の隣人に、〈ブラックベリーはこのあたりの土壌に適しているので、雨にあたると熟す〉[22]と教わったのを思い出す。果実の季節は短く、冬は長い。瓶詰のジャムやゼリーは、どれも薄暗い冬の日に夏の味を思い出させてくれる。しかし急ぐことはない。まだ楽しい秋がある。

秋

〈素晴らしい秋の日々、穏やかで明るく……きらめく霧〉[1]

　　天気をよく観察しているビアトリクスは、庭に秋の気配を感じるように
なる。日が傾いて地面を切るようにして進む。とくに太陽が雲間から射す
ときにそれがはっきりわかる。ときどき気候が植物にはもちろんのこと、
人間にも不親切に思えることがある。毎日空がどんよりしてきて、やがて
必ず降りだす。ビアトリクスはそんな天候について、こんなふうに書いて
いる。〈空はかなり荒れていて不安定で、今日は少し寒いです。霜がおりれ
ばいい天気になるのでしょうけど〉[2]。鉢植えのゼラニウムは屋内に入れる
のを忘れないようにしなくてはいけない。しかし霜は雲を払うので、昼間
は快晴で、夜は銀河が明るく輝いて、果てしなくつづく湖のように見える
時期になる。

　　木の葉はきらめき、炎のように華やかになる。オークやブナの葉は黄褐
色に、カバノキの葉は金色に、カラマツの針状葉は黄色になる。第二次大
戦中、ビアトリクスは所有地の広大な植林地のカラマツを一部伐採しなく
てはいけなくなる。炭坑の支柱用に木材が必要となったためで、戦争に協
力するための活動の一環でもあった。しかしビアトリクスは遠い先のこと
を考えて、将来オークになるドングリをポケットにいっぱい入れ、次世代

▶右頁：ピンク色のアザミ（鉛筆と水彩、日付なし）

224　　第Ⅱ部 ◈ ビアトリクスの庭の一年

霧でおおわれたエスウェイト湖

のためにそれを林に植えた[3]。またトラウトベック・パーク農場には、柵の支柱を取り替えなくてはいけなくなることを考えて、5エーカーの広大な敷地にカラマツの苗木を植えた。〈愛国心のひときわ強い人たちがどんなに植林に反対しようと、広大な地所には必ずカラマツを植えておくべきだと思います〉[4]。ビアトリクスはナショナル・トラストの担当者への手紙にそう書いている。〈ホールズ・ヒルには、母屋の前にオウシュウアカマツを、トラウトベック・タングの丘とコルト・パーク農場には、南側の斜面にオークを植えたいと思っています。でも頑丈な柵がなくては、草花だろうと樹木だろうとだめになってしまいます〉(羊に荒らされるため)。ビアトリクスはケイパビリティ・ブラウンがデザインしたカムフィールド・プ

黄葉しはじめたブナノキ（ペンと水彩、日付なし）

　レイスの樹木の景観を思い出し、いま自分の手元には、思いどおりに絵が描ける、所有する土地の大きさ分のキャンバスがあるということに気づく。〈うまくいけば、家畜にとってわたしの土地は、いろいろな装飾のある素晴らしい避難所になるでしょうね〉。つねに実用を重んじるビアトリクスは、手紙にそう書き加えている。

　カースル・コテージの上のほうは自然そのものが絵になる。山のなかの小さな湖へ向かっていくと、丈の高い草がいろんな色調の茶色に変色し、茂みや狭い湿地にはいまも小さなイトシャジンや赤いヤナギタンポポ、白いノコギリソウなど、野生の花が何本か咲いている。木の葉は落ち、アザミは花の盛りがすぎて種になり、綿毛(わたげ)は妖精のように空中に舞って、そっ

秋のカースル・コテージ

　と地面に落ちる。霜が少しおりると、帯状の広大な土地に生えるシダにつやが出てくる。しかし光沢のある銅色から茶色に変化するにつれ、徐々につやがなくなる。

　農場用のシダを刈り取るころになると、ビアトリクスも昼食後手伝いにいく。坂道をのぼるのがビアトリクスは好きだ。ソーリー村のはるか上の痩せた牧草地のあちこちに羊がいる。羊は6月に刈られた毛がまた伸びて、いまはふわふわした毛のコートを身にまとい、寒さへの備えはできている。羊たちは草を食むのに忙しく、ビアトリクスが丘をのぼってくるのに気づかない。茂みではキャノンの子どもたちがすでに働いている。父親

シダのある森の景色（鉛筆と水彩、1894年頃）

を手伝い、荷車にシダを積みこんでいる。〈シダの刈り取りには、いまがいちばんいい季節だと思うわ〉。ビアトリクスはミリーへの手紙にそう書いている。〈干し草づくりのころほど暑くはないし、荷車を引くにはここは面白い場所です。でも車輪が外れるのではないかと、いつもひやひやしています。傾斜が急で、すごく道が悪いんですもの〉[5]。シダは庭にとっては雑草だが、農場主のビアトリクスには経済効果は大きい。労働と多少の運搬を我慢すれば、冬のあいだ家畜小屋のための無料の敷き藁となる。

▶230〜231頁：ソーリー村の丘と木々

紅葉した蔓植物

　　　　畑の刈株はビアトリクスが農場主としての一年を終えた証だ。しかし今、収穫をしているのは農産物品評会が行なわれる時期だからだ。ビアトリクスは取引や出品物の準備で忙しい。当日はいちばん上等のウールのスーツを着て、お抱え運転手のスティーヴンズに車を運転させ、窓から秋の紅葉を楽しみながら会場へ向かう。会場では友人や農場主、今や親しくなった実直な田舎の人たちと談笑する。また必要以上の羊は「ヒーリス農場」という名札をつけて、念入りに価格を検討してから売る。ビアトリクスは日々の糧を農場経営に依存しているわけではないが、農作業に見合う利益は得たいと考えていた。「新種の信奉者」[6]であるビアトリクスは、素晴ら

蕾をつけたシュウメイギク（左）と最後の力をふりしぼって花を咲かせたヒルトップのバラ（右）

しい血統を増やすために、ときどき「タップ（新種の雄羊）」を買いに市場へ行った。また自分が育てた「リトル・バーズ」[7]をとても自慢にしていて、品評会では優秀賞を獲得すると信じていた。

　品評会からもどってくると、ビアトリクスは庭の端から端まで歩く。垣根の蔓植物は色づき、シオンは明るい午後の日差しを受けて、星空のようにきらめく花を咲かせている。アメリカ北東部のニューイングランドに住むビアトリクスの友人たちは、このシオン（ミカエルマス・デイジー）をアスターと呼んでいる。北米原産のこの野生の花は、聖ミカエルと諸天使

秋　233

ヒルトップの秋の風景（鉛筆と水彩、日付なし）

　の日（ミカエルマス、9月29日）のころに花を咲かせるので、イングランドではそれにちなんで「ミカエルマス・デイジー」と呼ばれているのだ。オールドイングランドでは聖ミカエルと諸天使の日は最後の四半期のはじまりを知らせる「クォーターデイ」で、賃金の支払日でもあり、農作業の手伝いを雇う日でもあった。したがって聖ミカエルも、聖ミカエルの日の花、シオンも、「秋」を意味する。

　ビアトリクスの庭にはノーマンの墓と同じようにシュウメイギクの花が咲く。シュウメイギクは丈を伸ばし頑丈に育ち、長い年月をかけて大きな茂みになっている。ビアトリクスはウィンダミアの従姉のイーディスから、株の入った大きなバスケットが送られてきた日のことをおぼえてい

る。1906年、ヒルトップへ移って1年を迎えた記念の日だった。花は優雅なのに、根はきめが粗く、茎がごつごつしているのにビアトリクスは驚く。ビアトリクスが庭で育てている花弁が6枚のシュウメイギクは、春になると急に蕾がふくらみ、茎が伸びて、小さくて白い花を咲かせるウッドアネモネ（ヤブイチゲ）に似ている。しかしこの種のシュウメイギクは針金のような長い茎にピンクの花が咲き、縁取り花壇の後ろまで伸びる。ビアトリクスは、花の時期が終わり、丸い花芽が風で旋回するころのシュウメイギクのことも、花盛りのときと同じように気に入っている。

　バラは一時期中断はするものの、かなり遅い時期まで花を咲かせつづける。ビアトリクスの絵や著書にもっとも多く登場するのは、バラの花であ

る。ビアトリクスはどの季節のバラも好きだが、花の空白期（夏のはじめと一年の終わり）にとくにバラが恋しくなる。この時期にはバラの実は赤くなる——ビアトリクスが子どものころ、父の友人にからかわれて頬を赤らめたように。

　ダリアは今も輝くばかりに美しい花が咲き、夏の名残りをとどめている。次々に丸い蕾ができては花が咲き、丸い蕾ができては花が咲く。ビアトリクスは花束をつくるためにダリアを切るが、切れば切るほど花を咲かせるようだ。10月半ばのある朝、地元で「白霜」と呼ばれるひどい霜がおりると、ダリアの葉は真っ黒に変色する。ビアトリクスは庭のダリアの無事を願うが、願いはむなしく終わる。ところが、お隣のセシリーのダリアはもちこたえているではないか。ガーデニングは一種の競争のようなものである。セシリーのダリアもそう遠からず寒さに屈服するだろう。そのとき満足感をおぼえるのは罪だろうか。もしそうだとしても、まあ大した罪にはならないだろう。

　霜でダリアの葉が枯れると、ビアトリクスはふくらんだ塊茎を掘り出す。翌年のために地下の貯蔵室に保存しておくためだ。塊茎が地下でどんどん増える過程はいつものことながら不思議だ。増えた塊茎は一部捨てざるをえないだろうが、ビアトリクスのことだから、おそらくそれをルーイに郵便で送っていただろう。

　郵便といえば、来春のための新しい球根が郵送されてくる。茶色の薄い外皮をまとったチューリップの球根は食べてもおいしそうだ。ビアトリクスは、ほかにもいろいろな種類のスイセンを注文したい誘惑に負けてしまう。スイセンの球根は届くと、庭には昨年のスイセンがまだ生えていても、すぐに植えなくてはいけない。だが、これはまさに兵站学上の難題に挑むようなもの。どこに、どう植えて管理するかが問題だ。球根を低温で乾燥した状態にしておけるなら、植えるのを先に延ばすほうが簡単だ。それができないなら、霜がおりて庭の植物がだめになった場所、たとえばダリア

▶右頁：ダリア（ペンとインクと水彩、1903年頃）

236　第Ⅱ部　ビアトリクスの庭の一年

が枯れたところに植えればいい。ところがビアトリクスは、植物が地面が固く凍る前に根付くように、10月の半ばには球根をすべて植えてしまいたいと思っている。しかし、とにかく仕事が多すぎる。

ビアトリクスの庭で最後に咲く花はキクである。ときとして最後の花はいちばん愛しく思えるものだ。ビアトリクスとキクの関わりは深い。キクを通して何年にもわたって交わってきた人々や場所を、ビアトリクスは庭の構成に織りこんできた。母方の祖父母はキクを、それもいろんな種類のキクを栽培していた。伯父のクロンプトン・ポターはマンチェスターの花の品評会で入賞したこともある。ビアトリクスは十代のころ、〈カリフラワーほどもある大きなキクの花束〉[8]をかかえて、ヘンリー・ロスコウ叔父と列車に乗ったのをおぼえている。サリーにある叔父の別荘、ウッドコートからロンドンへもどってくるときだった。ウッドコートでは叔父も叔母のルーシーも庭がとても気に入っていた[9]。今ならビアトリクスにもふたりの気持ちがよくわかる。

キクはさておき、この時期、庭のほかの植物は少々哀れに見える。甘い言葉で自分をだましながら、美しかったころの名残りにしがみついているように思える。そろそろ大きく掘り返す時期に来ているのだろうが、庭はどんな状態でも、ビアトリクスには美しく思える。

庭はつねに模様替えの機会を与えてくれる。つまり庭の植物は永遠につづくようでいて、永遠につづくものではないのだ。ある植物がいうことをきかなければ、それを新しい場所に移せばいい。ある花壇の植物がはびこれば、それをぜんぶ掘り起こして植え替えてしまえばいい。ビアトリクスはルーイへの手紙にこんなことを書いている。〈ヒルトップの庭はひどい状態になっていたので、手伝いの人といっしょに植物をほとんどぜんぶ掘り起こしてしまいました〉[10]。まずは、はびこった根や葉や茎を取り除いて、フロックスを株分けする。それから行き当たりばったりに伸びてきたホタルブクロの芽を整理する。また繁殖力の強い黄色いオカトラノオははびこらないうちに撃退する。ときに庭師のだれもが庭の植物をぜんぶ捨てて、はじめからやりなおしたい気になるものだ。しかし合理主義者のビア

238　第Ⅱ部　ビアトリクスの庭の一年

秋のヒルトップの庭

トリクスは、そんなことはしない。
　一方、植物たちは新たなスタートに感謝しているように見える。不思議なことだが、多年生植物は長いあいだ同じ場所にいると厄介ものになるようだ。〈庭の一部を縁取る花壇の土を掘り起こすのは気をつかいます〉とビアトリクスは書いている。〈でも……多くの植物にいい効果がありました。ランカシャーでは成長の止まった子豚や子牛について言われていることですが、植物についても同じでした。元気のなかった植物が、また根付いたのです。養樹園では、このようにしょっちゅう苗を掘り起こしてははじめからやり直すので、うまくいくのでしょうね〉[11]。ビアトリクスは植物を掘り起こしては、園芸用熊手で土を耕す。これが庭の模様替えをするきっ

秋　239

日本原産のキバナノクリンソウ

かけになる。開花時期や色合いを頭に浮かべ、葉の大きさや風合いを考慮しながら、庭の構成を考える。たとえ加齢による視力の衰えで、絵筆での作品づくりは無理になったとしても、庭のほうはまだ色彩豊かにできる。

　庭の多年生植物の多くは、大きくなった株をいくつかに分けて植え替えると喜ぶ。適切な時期については植物自身が教えてくれる。株の中央が弱って穴があき、まわりがドーナツ形に大きくなるころがその時期である。株分けを終えると、その労力に報いて、その後何年も素晴らしい姿を見せてくれる。食べ物の残り物もむだに捨てず、ビアトリクスは再利用しようとこころみる。〈日本原産のキバナノクリンソウをお送りします。ロンドンで育つかどうかわかりませんが、この花は庭の"じめじめしたところ"を好みます〉[12]。こうしてビアトリクスはこの花をミリー・ウォーンに託している。そしてまたビアトリクス自身も"じめじめした"ヒルトップの

ゴウダソウの果実と
種

庭を好ましく思っていた。

　反対に、ビアトリクスのところにもガーデニング仲間から"庭の余りもの"が送られてきた。そうした仲間のひとり、チャーリー・クーパーから9月のある日、デヴォンシャーの庭の植物が送られてきた。ビアトリクスはお返しに土壌学で得た知識を添えて礼状を出す。〈アイリスをくださるなんて、なんて素晴らしい贈りものでしょう！──それになんて不思議な赤土だこと。デヴォンシャーの赤土のことを忘れかけていました。不思議なことに、ここの土壌とは違うのですね。でもアイリスはきっと自由奔放に根を降ろし成長すると思います──雨が多くて、ゆるい土壌に牛糞が必要かどうかは少々疑わしく思いますけど。わが庭の植物はたいてい自由気ままに大きくなります〉[13]。

　また、お返しに地元の小さなランの根株をチャーリーに送ると約束す

キャベツの仲間

る。若いころ、ビアトリクスは野生の植物を掘り出しても罪悪感はなかった。いくらでも生えてくるものと思っていたからである。ビアトリクスは移植ごてをもって、森のはずれまで出かけていく。そこにはランがあるからだ。それを送れば、ランがデヴォンシャーの赤土にどんなに適しているか、チャーリーにもわかるだろう。

　ビアトリクスはまた森だけでなく、自宅近くでもせっせと野生植物を集めた。庭師が種を採取するのは楽しみのためであって、言うまでもないが、節約のためではない。もちろん、翌年庭に植える種の一部にもなる。『妖精のキャラバン』で動物たちの姿を魔力で見えなくした「シダの種」と同じく、種はまるで魔法使いのようだ（ビアトリクスは、シダはカビやキノコと同様に、胞子で増えることを知っていたが、「種（シード）」という語感のほうが幼い読者には心地よく響くのではないかと思い、「シダの胞子」でなくわざと「シダの種」という言葉を使った［邦訳では、この語には「シダの胞子」という訳語があてられている］）。ビアトリクスはよく種を保存していたが、一度

242　第Ⅱ部　ビアトリクスの庭の一年

ヒルトップの菜園のあたたかみのある塀

　に多くのことをしすぎてへまをすることもあった。〈花の種を採って封筒に入れておいたら、すっかり忘れて、その封筒にあなたの住所を書き、そこにほかの種の包みも入れていっしょに送ってしまったわ〉[14]と白状している。
　菜園で集めたほかの種も同じように保存した[15]。〈ニンジンやタマネギやニラネギの種は役に立つわ……それから花芽をいっぱいつけるキャベツ類の種も、たくさん保存しているのよ〉[16]。ビアトリクスは幼い文通相手にそう書いている。種は応接間の前面の窓辺に古新聞紙を敷き、その上に広げて乾燥させてから保存する。種は年々増えるので、いつか整理しなく

秋　243

小型リンゴの木（ビアトリクス、あるいは父のルパート・ポターが撮影、1907年頃）

てはいけなくなるだろう。

　花の咲く多年生植物は冬には青白くひょろ長くなる。そこでビアトリクスは時間があるとき、これと思った花頭のある茎の一部を残し、あとはほとんどすべて短くしてしまう。キバナムギナデシコ（英名 goatsbeard＝ヤギの髭）は白霜で覆われ、ヤギの髭というよりは老人の髭のようになる。ゴウダソウが落とした種を包んだうちわのような枯れた果実は、紙幣のように薄く、簡単にはがすことができる。小鳥の食べない種が地に落ちれば、それがどんな種だろうと、あまり変化のない冬の花壇にいくらか変化を添えてくれるだろう。

　幼いときから小鳥が大好きだったビアトリクスは小鳥のことも気にかけ

リンゴを摘むピーターラビット(『ピーターラビットの暦1929年版』より)

ていた。季節があともどりしたような、少し暖かく感じられる日には、庭で小鳥に餌を与えて、羽をパタパタさせている小鳥の群れを引きよせる。『妖精のキャラバン』のなかで動物たちのサーカスが観衆を楽しませたように、小鳥は餌のお返しに、春を待ちのぞんでいるこの屋敷の主のために、あたりの景色を生き生きとさせ、がらんとした庭に楽しみを添えてくれる。

　菜園にわずかに残るルバーブを切ってしまおうという気になるが、ビアトリクスはその手をふと止める。春になればまた元気をとりもどすからだ。暑いころに煉瓦塀に這わせた果樹は葉を落としつつある。時期はずれの野菜のなかには、寒さで逆に元気をとりもどすものもある。キャベツは大きく生長し、エリザベス朝の人が着ていた衣装のひだ襟のような葉を広げている。

サンザシなど、秋の果実（ペンとインクと水彩、1905年頃）

　菜園では、ビアトリクスはいつもいちばん青々しているセロリの列をうれしそうに眺める。セロリは基部の緑化を防ぐために、まわりに土を積み上げて光をさえぎると甘くて柔らかくなる。この時期、レタスは元気をとりもどし、まるでひだ飾りのような列をなして花を咲かせる。うっすら霜がおりた程度ではレタスに被害はないが、水分の多い葉が霜で凍らないうちに収穫しなくてはいけない。

　果樹園では遅く実るリンゴの収穫はまだこれからだ。今年はリンゴを輪切りにして乾燥させるつもりだ。ビアトリクスは青々と茂る果樹園の牧草

地へ入っていく。しかし、今もときおり花を咲かせるイラクサには近寄らないようにする。イラクサに棘があることはよく知られているからだ。あるとき、ビアトリクスがそうして集めてきて、細心の注意を払って植えた野生の草花を、姪たちが手伝いをするつもりで「雑草」と間違えて引きぬいてしまったことがある。ビアトリクスはかんかんに怒ったが[17]、今その草花は元気に育っている。

牧草地の端のブラックベリーは今も実を結んでいる。生垣のサンザシの実は真っ赤になっている。サンザシを育てるには生垣になるようなところが適切である。サンザシの英名 hawthorn は、棘（thorn）のある枝にちなんで名づけられたというよりも、「生垣」という意味の古英語に由来する。丈夫で棘が多い枝は、生長すると羊でさえも通りぬけられない生垣になる。チュニックを着たイングランドの自作農には理想的な植物だったに違いない。

農場の周辺のヒイラギは小さな実をどっさり結ぶ。何年かの間、ビアトリクスはクリスマスツリーを扱う業者に小さな針葉樹を売った。デコレーション用のヒイラギの枝を売ることも考えたが、これは決心がつかなかった。〈貪欲な業者なら、かわいそうなヒイラギの枝を刈りこんで裸にしてしまうでしょうね〉。アメリカの友人に宛てた手紙に、ビアトリクスはそう書いている[18]。たとえ枝は盗まれなくても、折られたり、切られたりするだけで、樹木に大きな裂け目ができる。ビアトリクスはヒイラギを適切な場所で育てたいと思っている。〈ヒイラギは人目につかない場所に植え、そのまま放っておくと、燃えるような赤い実と鮮やかな緑の葉をつけます〉とも書いている[19]。そうすることで田園地帯にふさわしいものだけが残っていくのである。

寒くなってくると、外のポンプをズック生地でくるむ[20]。日の光が少なくなってくる。冬がもうすぐそこまで来ているのだ。樹木は裸になったが、ビアトリクスの目にはすでに、スノードロップが地面から顔をのぞかせる光景が浮かんでいる。

第 III 部

ビアトリクスの庭を訪ねて

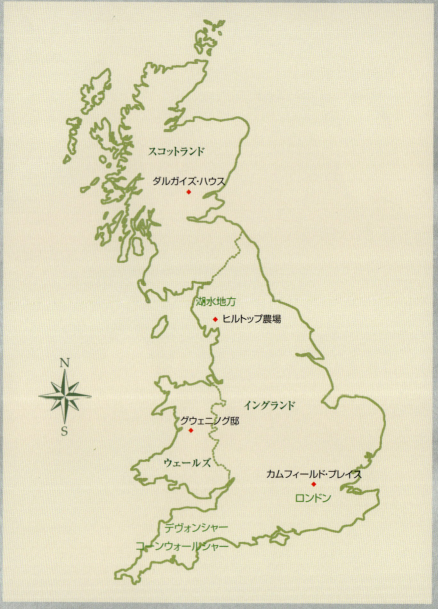

ビアトリクスゆかりの地〔当時のロンドンの地図は p18 を、湖水地方の詳細地図は p38 および p80 を参照〕

ビアトリクス・ポターゆかりの庭に偶然出くわすということは、ま
ずありえないだろう。そのためには探しまわらなくてはいけないが、
まずはロンドンからはじめるのがいいだろう。

　ポター家のあったサウス・ケンジントン近郊は、第二次大戦後いか
がわしい地区になっていたが、いまはまたもとの姿をとりもどしてい
る。テラスハウスの多くは高級アパートに、中庭を囲むように並んで
いた馬屋は豪華な邸宅になっている。しかし並木道や落ち着きのある
建物から、当時のポター家の雰囲気がいまも感じとれる。ビアトリク
スの生誕地、ボルトン・ガーデンズ 2 番地は、1940～1941 年のロン
ドン大空襲で損壊したが、近隣の多くの建物は健在である。ビアトリ
クスの生家の跡地には、それにふさわしく、子どもの声でいつもにぎ
やかであるようにとの願いから、小学校が建てられている。前を歩く
と、ビアトリクスが大好きだったキャラクターたちを描いた記念のプ
レートが壁に飾られているのに気づく。

　視線を変えると、ビアトリクスが目にしていた庭が見える。鉄製の
塀と鍵のかかった通用門の向こうには、ボルトン・ガーデンズ・スク
エアという「ポケット公園」があり、いまも遊びまわる幼い子どもた
ちや保護者、この庭が大好きで、あるいは暇つぶしにやってきて雑木
林のなかを散策したり、ベンチに腰かけたりする人たちでにぎわって
いる。住人たちは当時のポター家の人々と同じく、このような「ポケッ
ト公園」の占有権を享受するために、その後もずっと当局にお金を
払っている。

　「ポケット公園」から以前王立園芸協会の庭園があった場所までは、
簡単に歩いていける。サウス・ケンジントンの地下鉄の駅前を通りす
ぎ（地下鉄はビアトリクス・ポターの時代にはすでに操業されてい
た）、クロムウェル・ロードのサー・ジョン・エヴァレット・ミレイの

現在のボルトン・ガーデンズ

自宅兼スタジオの前を進んでいけばいい。インペリアル・カレッジ・ロード、あるいはプリンス・コンソート・ロードに出たなら、かつてビアトリクスとバートラムが遊んでいた王立園芸協会の庭園を歩いていることになる。庭園が閉鎖された1888年からその後何年かのあいだに、庭園の敷地は科学博物館とインペリアル・カレッジの建設地になった。チェルシー・フラワーショー（グレイト・スプリングショー）が初めて開催されたのは、この王立園芸協会の庭園である。もっと正確にいうと、王立園芸協会の庭園からはじまった。そして1862～1888年はここで行なわれていたが、その後はテンプル・ガーデンズに、さらに1913年からは現在のチェルシー王立病院の敷地に移された。

　ビアトリクスなら今でも、ケンジントン公園のなかを自在に歩けるだろう。ラウンド池の近くには今もブロード・ウォークがあり、フラワー・

1896年頃のボルトン・ガーデンズ（ルパート・ポター撮影）

ウォーク沿いには花が咲いていて、日陰をつくるために植えられた木立のなかでは、小鳥がさえずっている。ヴィクトリア女王が子どものころに住んでいたケンジントン宮殿も、王立公園を新しく整備したおかげでよく見えるようになった。女王エリザベス2世の在位75年の祝典のために、2012年にトッド・ロングスタッフ＝ゴーワンがケンジントン公園を新しく整備し、その一環として宮殿がよく見えるよう公園の樹木が移動されたのだ。園内は今も子どもたちや、ビアトリクスがかつて自分自身のことを言っていたように、〈いつまでも子どもの心を持ちつづけている大人〉（J・M・バリーの本に出てくる、子どもたちにとってのもうひとりのヒーロー、ケンジントン公園に住んでいたとされる「ピーター・パン」を暗にさす）で、いまもにぎわう。

ところで幼いビアトリクスが歩むことになる園芸家の道に、もっとも大きな影響を与えた場所はどこかと言えば、ハートフォードシャーのカムフィールド・プレイス（Camfield Place）と、スコットランドのダルガイズ・ハウス（Dalguise House）である。

　ビアトリクスがいちばん好きだったカムフィールド・プレイスは、地所も私邸も完全に当時のままの姿をとどめている。最近はここにロマンス小説家のバーバラ・カートランドが住んでいた。屋敷は一般公開されていないが、ビアトリクスがしていたように、近くのハットフィールド・ハウスの広大な庭園を訪れることができる。敷地内には幼いエリザベス王女が住んでいた宮殿がある。1907年にビアトリクスはノーマンの姪のひとり、ルーイ・ウォーンへの手紙にこんなことを書いている。〈ハットフィールド・ハウスのオークの古木を従姉に見せてあげました。メアリー女王が亡くなり、エリザベス王女が女王（エリザベス1世）になることを知らされたとき、王女はひだ襟をつけ、大きな鼻をつけて、木の下に座っていました。でも女王はもうあの木の下に座ることはできません。枝はなくなり、幹しか残っていないんですもの！〉[1]。1985年にエリザベス2世はこの場所に新しいオークの木を植えた。現在、木には記念の銘板が飾られているが、「大きな鼻」についてはなにもふれられていない。

　スコットランドのダルガイズ・ハウスはいまも存在するが、ロッジに改造され、修学旅行や長期休暇の活動センターとして使用されている。このセンターは、子どもも大人も自然のなかを歩きまわって、かつてビアトリクスと弟のバートラムが周囲の森林地帯でしたのと同様に驚異の世界を体験してほしいとの願いからつくられた。ダルガイズ・ハウスの観光客はまた当時のポター家の子どもたちとは違って、空中ブランコやジップワイヤー（川や湖上や森のなかに張ったワイヤーロープを、滑車を使って滑りおりる遊具）など、“あらかじめ準備された”冒険も体験できる。ダルガイズ・ハウスに現在残っている庭園はごく一部だが、あたりの風景はいまも人々の心に響く。

　近くのダンケルド村とバーナム村の周囲をくねくねと流れる大きなテイ

ハットフィールド・ハウスのテューダー様式の庭園

　川沿いには、目立つ小道がある。また成木の茂る小さな森には、英国最大の木が数本あり、18世紀の英国で流行した懐古趣味の建造物「エルミタージュ・プレジャー・グラウンド」と「オシアンの洞窟」は訪れる人を想像の世界に誘ってくれる。これらの森にはいかにもナトキンのような赤毛のリスが棲んでいそうである。

　『カルアシ・ティミーのおはなし』に登場する灰色のリスは、19世紀の英国に持ち込まれた外来種である。湖水地方を含む、ほとんどが赤土のイングランド南西部に住む人々は、植物もそうだが、それ以上に動物界の外来種を取りこもうとする意欲が強かったのだろう。

ヒルトップを指し示すナショナル・トラスト管理の標識。
奥に見える白い壁の建物がカースル・コテージ

　バーナム・アーツ＆コンファレンス・センター（Birnam Arts and Conference Centre）」は、ダンケルドと駅を共有するバーナム村が誇る施設である。また、一角獣を頂いた柱は、ビアトリクスの時代にはダルガイズ・ハウスの庭にあったものだが、現在はボウネスにある「ビアトリクス・ポターの魅惑の世界（ビアトリクスを記念してつくられた常設館 The World of Beatrix Potter Attraction）」の展示品とともに、このセンターに据えられている。またこの施設の屋外にある「ピーターラビットの庭」では、ビアトリクスの作品で有名な多くの登場人物のブロンズ像が遊んでいる。1992年にこの施設が開設されたとき、設計者はこんなことを書いている。〈ここでは野生の花や水生植物、コケや菌類が生長を邪魔されることも、（この地に適した）野生動物が成長を妨げられることもないだろう〉[2]。

ニア・ソーリー村

　南へ20キロほど行くと、パースミュージアム&アート・ギャラリー (Perth Museum & Art Gallery) がある。そこには「若き画家／自然科学者」と呼ばれていたころのビアトリクスが、パースシャーの郵便配達人で博物学者のチャーリー・マッキントッシュと菌類を通して培った友情物語とともに、ビアトリクスが真菌類を描いた優れた絵の一部が収蔵されている。

　ビアトリクス・ポターゆかりの庭がもっとも多く集中しているのはイングランド北西部のカンブリアの一画で、そのほとんどがウィンダミア湖の周辺に点在している。なかでももっとも人々の関心を惹くヒルトップ(Hill Top) 農場は地元の人たちが「湖の裏手」と呼んでいる地域にあり、いまも僻地という感じがする。ボウネスからこの農場へ行くならフェリーで

▶258〜259頁：ヒルトップ農場にかかる虹

現在のタワー・バンク・アームズ

　ウィンダミア湖の対岸へ渡り、ファー・ソーリー村を通って長い丘陵地帯を1キロちょっと歩くか、525番の路線バスを待てばいい。ホークスヘッドから行くならB道路を行けばいい。標識にしたがってニア・ソーリー村を目指し、エスウェイト湖沿いに走り、急なカーブをぬけると、ニア・ソーリー村がすぐに見えてくる。

　ナショナル・トラスト所有の駐車場は道路から外れた人目につかない場所にあるので、車はカースル・コテージの向かい側のビアトリクスの果樹園の上のほうに停めることになる。残念ながらそこからはビアトリクスの果樹園は見えないので、リンゴやヨウナシ、ダムソンプラムやプルーンなどの果樹や、また樹々の根元にとりとめなく植えられた春の球根植物も、夏の野花が広がる光景もただ目に浮かべるしかない。

ビアトリクスの挿絵のなかのタワー・バンク・アームズ(『あひるのジマイマのおはなし』より)

　ところでビアトリクスは、夏にはまるでハチの群のようにどっとニア・ソーリー村に押し寄せる今日の観光客の数を予測していただろうか。
　カースル・コテージの駐車場からヒルトップまでの短い遊歩道は、1896年にビアトリクスが初めて家族といっしょにニア・ソーリー村へやってきたときのように、スレート造りのポーチや、花の咲き乱れる花壇を楽しみながらゆっくりと狭い小道を歩くといい。するとバックル・イート・コテージ (Buckle Yeat Cottage) の前に来る。このコテージについては、『パイがふたつあったおはなし』に細部にいたるまで魅力的に描かれている。また、ここではいまもカラフルな花の咲く庭園が楽しめる。ヒルトップの改築中、ビアトリクスが借り住まいをしていた鍛冶屋、ベル・グリーン (Bell Green) の家はいまも個人宅である。塀ごしに、おかみさんが自慢にしていた裏庭をこっそり見ることができる。村の商店と鍛冶屋はすでに廃業したが、建物はいまも残っている。近年では、村の商売はほとんど

置いてあるだけで絵になるヒルトップの庭の園芸用具

が季節限定であり、店を訪れるのも大半が観光客である。

　17世紀に建てられたタワー・バンク・アームズ(Tower Bank Arms)は『あひるのジマイマのおはなし』の背景に描かれているように、いまも夏にはバラの花で華やかに彩られる。とても親しみやすいパブで、犬や子どもでも、またゴム長靴の客でも歓迎される。肌寒い日には常連客たちが昔ながらの暖炉の前でお酒や食事を楽しんでいる。時間があればここで一夜をすごすのもいいだろう。2階の4つの客室には、ヤン、タン、テセラ、メセラという古い方言（羊飼いが羊を数えるのに使っていた）から採った名前がつけられている。ビアトリクスも羊飼いからこの方言を習い、『妖精のキャラバン』で使っている。夜になると村は暗く、パブが閉まるとしんと静まりかえる。朝は、ヒルトップ農場の牛や羊が「モー」とか「メー」とか鳴く声で目を覚ますかもしれない。2階の引っこんだ窓から外を眺めれば、ビアトリクスがニア・ソーリー村に強く惹かれた理由がよくわかるだろう。

　タワー・バンク・アームズの隣には、垣根を隔ててヒルトップ農場や庭

ヒルトップの庭に昔から生息しているウサギ

園などが広がっている。そこにはビアトリクスのファンがどっと押しよせるが、いまはもう、子ネコのトムがくぐった門からは庭に入れない。観光客があまりにも多くなったために門は閉じられたのだ。現在はかなり離れた農場の一画に新しく設けられた門がヒルトップの庭に通じている。ビアトリクスのころと同じく、庭には石だたみの小道が敷かれており、果樹や野菜のまわりには、ごく自然な感じでさまざまな花が植えられている。そしてそれらが自由気ままに生長しているのがとても心地よく、温かな雰囲気が感じられる。庭にはまたバラやクレマチスの花が咲いている。垣根で囲まれた菜園には、エンドウマメやジャガイモ、大根、ルバーブが育っている。石垣の窪みに設えた専用の棚板の上には、鍛冶屋(かじや)のサタースウェイトがかつてつくったのとそっくりな、木製のミツバチの巣箱が置いてある。またマグレガーさんの庭を彷彿とさせるような、じょうろや鋤(すき)、土をふるうのに用いるざるなどの園芸用具が置いてある。

　シーズン中は観光客がヒルトップ農場にどっと押しよせる。屋内を見物

263

ヒルトップの庭の門ごしに見たカースル・コテージ

するには時間制限付きのチケットが必要だが、庭は開館時間中ならいつでも見られる。おすすめは午前中早くか、午後遅めの時間帯である。庭園に隣接する数本のリンゴの木のまわりには鉄線が張られていて、見物客は小さな放牧地へは入れないようになっているが、その草地ではよくウサギが1、2匹、ぴょんぴょん跳ねている姿を目にすることができる。

　観光客が多いために、ナショナル・トラストは庭園についてはやむをえず譲歩して変更を認めた。そこで、母屋の前面は入場の順番を待つ観光客のために歩道が舗装された。ビアトリクスには春にひと休みする時間などほとんどなかったのだが、観光客のためには応接間の窓の下にベンチが置かれている。ヒルトップの見物を終えた観光客が坂を下っていくと、土産物店の前を通って出口へ向かうよう、長い格子垣の裏にももうひとつ舗装道路がつくられている。

　庭には、ビアトリクスが手入れをしていた当時の植物の一部が、今も育っている。庭を存続させるためのコツは、植物は生長し、広がり、遅かれ早かれ枯れる、という厳然たる事実に向きあいながらも、多少なりとも

当時の姿をとどめるよう努力することである。ヒルトップの庭の植物は、ビアトリクスが最後に手入れをしてから長年のあいだに、いくどか掘り起こされ、植え替えられてきた。今もナショナル・トラストの庭師で、ヒルトップ農場の管理者でもあるピーター・タスカーが当時の写真やビアトリクスの手紙や作品に登場する庭に倣って植物を選んでいる。それにしては、ところどころ雑草は残っているし、低木の手入れがゆきとどいていないと観光客は思うかもしれない。しかし、庭が適度に雑然としているのは、田園地帯の庭の様式からしても、ビアトリクスの庭づくりの習慣からしても意図的なものなのである。ビアトリクスは一度も人に見せるための庭を目指したことはなかったのだから。

　庭から邸内に入ったら振り向いて、「ビアトリクスの視点」で家の外を見てみよう。すると、奥行きのある入口と前面の窓が額縁となって、そのなかに庭がすっぽり収まり、観光客の姿よりもむしろ色とりどりの花が目に飛びこんでくる。家の内部が外部を迎え入れ、緑がひときわ鮮やかだ。花柄の壁紙や織物や植物の絵が、まるで家の中から外の庭に話しかけているように見える。自然と家が風景画として完全に溶けこんでいる。

　ヒルトップの門から外へ出ると、「郵便局の牧草地」が見渡せる。そのまた向こうの道路の曲がり角には、淡い色の質素な家が見える。一枚ガラスの大きな窓はヒルトップのほうへ向いている。大邸宅にはとうてい見えないが、これはビアトリクスとウィリアム・ヒーリス夫妻の家だったカースル・コテージ (Castle Cottage) である。牧草地の横の小道をのぼっていったところに、この家の庭に通じる門が見える。そこはヒーリス夫妻が庭いじりをするようになってから大きく変わった。

　何度も繰り返すように、庭は永久にもとの姿のままではない。それがかえって庭の魅力のひとつなのかもしれない。庭ははかないもの。時や場所や植物、さらにひとりの、あるいは多くの人々の努力が相交わってできるものであり、カースル・コテージはまさにその典型である。ビアトリクスの死後、カースル・コテージはナショナル・トラストが所有することになったが、その後もウィリアム・ヒーリスが住み、1945 年にウィリアム

265

が亡くなってからは、おもに私邸として使われている。その後、この家に住んだのは、ビアトリクスの姪のジョーン・デューク夫妻である。やがて夫妻は庭をひな壇式にして植物を入れ替えたり、小鳥の形に刈りこんだりするなどして、自分たちなりの特色を加えた。

　ニア・ソーリー村は時間をかけてゆっくりと歩くといい。村の下のほうにはエスウェイト湖があり、そこでは『ジェレミー・フィッシャーどんのおはなし』の背景に描かれているアシや、『こぶたのピグリン・ブランドのおはなし』に登場する道しるべが見える。また季節にもよるが、今でも道路沿いには野生のレモンバームやサンザシ、ブラックベリーが見られる。花の種はどこかの庭、おそらくビアトリクスの庭から逃げだしてきたのだろうか、ところどころに黄色いオカトラノオの花が咲いている。

　村の上のほうには、ビアトリクスとウィリー夫妻が大好きだったモス・エクルス湖がある。ストーニー・レーンと呼ばれる小石の多い小道を進んでまっすぐ丘をのぼっていくと湖が見えてくる。足もとが少々でこぼこしているのでかなり骨が折れるが、行ってみる価値は十分ある。ただし牧場の塀に行きあたっても、決してよじのぼらないこと。ビアトリクスは農場の見学者を寛大に迎え入れていたが、あるときこんなことがあったようだ。〈若い女性の一行がキノコを採ろうとして、まるで障害物競争でもするように、新しく盛土をしたばかりの生垣を次から次へと越えていくのを見て、怒りがこみあげてきました〉[3]とこぼしている。しかし見学者が丘の上にいるのを見ても、〈下りてくるときに、きちんと通用門を閉めてさえくれれば〉ビアトリクスは大目に見ただろう。

　高地の草原からはニア・ソーリー村が見おろせる。またビアトリクスが大好きだったサザン・レイクスも一望できる。牧草地のあちこちでは、いかにもおとなしそうな羊や牛が草を食んでいて、不運な観光客をわざわざ困らせることはなさそうだ。牧草地にはまた野生の花も咲いている。モス・エクルス湖はとても人工湖には見えない。この湖はソーリー村よりも高いところにあり、湖水の一部は、村に向かって流れる小川（ウィルフィン・ベック）となっている。かつてビアトリクスはこの湖のほとりに花が

デューク夫妻が住んでいた当時のカースル・コテージ（1946年）

咲くようにと、姪とふたりでスイレンを植えた。もし運がよければ、ビアトリクスの望みどおりにスイレンの花が見られるだろう。時間が許せば、さらにウィルフィン・ベックの脇の小道を通って、ファー・ソーリー村へ下りていくことができる。

　ポター家がよく湖水地方ですごしていたころの豊かな庭園の雰囲気を味わいたければ、一家が夏の別荘にしていた多くの大邸宅を訪れることもできる。1896年にビアトリクスが初めてすごした邸宅が、いまもニア・ソーリー村にある。当時レイクフィールドと呼ばれていたその邸宅は、1902年に一家がもどってきたときにはイーズ・ワイク（Ees Wyke）と改称されていた。現在はカントリー・ハウス・ホテルとして使用されているので、

ヒーリス家の地所で草を食む羊

部屋に泊まることもできる。ここで過ごしたり、食堂でほかの客と交流したりすれば、ポター家の人たちの当時のライフスタイルや、結婚後のビアトリクスの日々の生活の痕跡を多少なりとも知ることができるだろう。ビアトリクスが絵に描いた庭はなくなっているが、エスウェイト湖からラングデイル岳までの素朴な景観は以前と変わらない。

　ホークスヘッドのウィリアム・ヒーリスの古い弁護士事務所は、現在「ビアトリクス・ポター・ギャラリー」として使われていて、ナショナル・トラストがポターの水彩画や絵本の初版本、そのほか、ビアトリクスが大切にしていたものなど、貴重品の一部を随時入れ替えながら展示している。注意してよく見ていただきたい。ほとんどの展示品も、当時の植物や花、庭の面影をとどめている。

　ホークスヘッドからアンブルサイドへ向かっていくと、やがてベルマウント・ホール（Belmount Hall）邸の入口が見えてくる。そこはかつてビアトリクスの友人のレベッカ・オーウェンが所有していた石づくりの堂々とした邸宅だったところだ。修道僧の幽霊が現われるとオーウェンが言っていた庭園は、いまは見るかげもなく、当時の姿をとどめているのはその

ベルマウント・ホール邸と修復後の庭

塀と、1938年に友人からこの邸を購入してからビアトリクスが庭を改造した痕跡だけである。ソーリー渓谷の地所の大半がそうだが、ベルマウント・ホール邸もビアトリクスがナショナル・トラストに寄贈した地所のひとつである。その後、邸宅もまわりの花壇も入念に修復され、いまではパーティ会場や結婚式場、あるいは会議場として使用されている。

　ポター家が1882年に借りていたレイ・カースル（Wray Castle）邸は、ウィンダミアの湖畔にあり、サー・ウォルター・スコットの詩をそのまま絵に描いたような邸宅である。現在この邸宅もナショナル・トラストの所有で、邸内が一般公開されるのはシーズン中のみだが、庭は夜明けから日暮れまで開放されている。小さな菜園の跡地には、驚くことにいまも曲がりくねった塀があって、当時の面影がしのばれる。ただシダ園にはなにも

生えていなくて、シダやシュロなどの葉状体植物の好きな庭師を待っている状態である。またビアトリクスが感嘆して眺めていた大きな針葉樹や、ワーズワースが初めて訪れたとき、古くからの慣習に倣って植えたクワノキなど、数々の立派な標本樹林が優雅な趣を添えている。レイ・カースル邸からホークスヘッドまでは、ビアトリクスが歩いたり、小馬に引かせた馬車に乗ったりして探険した小道を歩くこともできる。

　アンブルサイドのアーミット博物館＆図書館（Armitt Museum and Library）は必ず訪れてほしい場所だ。まるで小さな宝石のような風変わりなこの博物館は、知識人のある団体が、愛する湖水地方の遺産保持のために1912年に創設したものである。ビアトリクスはこの博物館を自分が描いた植物画のコレクションの最終所蔵場所にすると決めていた。このコレクションには、ビアトリクスが収集した少しばかりの魚類や化石、ローマ帝国時代の考古学的遺物のほかに、キノコ類を描いた数百枚の絵が含まれている。現在、ギャラリーには、ビアトリクスが描いた植物の標本画が展示されている。また2階の図書室には、ビアトリクスの蔵書から自然博物史と地元の歴史に関する本、さらにビアトリクスの祖父と父が所有していた同様の本が収められている。

　アンブルサイドから西に向かってコインストンへ行き、ユー・ツリーファーム（Yew Tree Farm）で一泊するのもいいだろう。ここはビアトリクスが1930年に購入したモンク・コインストン邸の一部で、現在はホテル（B&B）として使われている。またレニー・ゼルヴィガー主演の映画『ミス・ポター』のヒルトップ農場のロケ地として使われた場所でもある。前面の庭にはセット・デザイナーの意図が反映されている。このB&Bのテーブルは農場で育った樹木でつくられている。また経営者一家はビアトリクスの好み、さらにナショナル・トラストの管理方針にしたがって、ハードウィック種の羊の世話を積極的に行なっている。

　ウィンダミア湖の北に位置するアンブルサイドから湖の西岸に沿って南下すると、ビアトリクスの従姉夫婦、イーディスとウィリアム・ガッダムの家だったブロックホール（Brockhole）邸がある。現在、ここが湖水地

ビアトリクスやナショナル・トラスト、および何世代にもわたる献身的な地元の人々によって保存されてきたユー・ツリー・ファーム

方の国立公園のビジター・センターになっているのを知ったら、ビアトリクスはきっと喜んだだろう。当時30エーカーの庭にはひな壇式の花壇やバラ園があって、ビアトリクスのコテージの植物よりも華やかだったが、イーディスはいつも惜しげもなく伐採や剪定を行なっていた。

　ブロックホール邸のすぐ南、渓谷を越えて、Uピンカーブを経た先にホールハード (Holehird) 邸がある。1889年にビアトリクスは家族といっしょに、温室と小さな菜園のあるこのホールハード邸に滞在したが、そのときはほとんど歩くこともできないほど体調が悪かった。1895年にふたたび一家でやって来たときのことを、ビアトリクスは日記にこう書いている。〈年老いた感じのいい庭師は亡くなっていた。代わってやってきた新し

い庭師はとってもいばっていて、いつも忙しそうにしていたけれど、バートラムにラズベリーを採ってもいいよと言ってくれた〉[4]。ビアトリクスはこの新しい庭師の態度を面白がっていたが、バートラムはひどく腹を立てていた。いまのこの庭を見れば、ふたりともその変わりようにびっくりするだろう。この屋敷はポター家が別荘として使わなくなったあと、1897年にウィリアム・グリンブル・グローブズが買い、ガッダム家と同じく、造園家のトーマス・モーソンを雇って庭を改造した。モーソンはグローブズの重要なランのコレクションを収めるために庭に温室をつくり、小川をいくつも堰き止めて一連の滝をつくり、庭に水が落ちていくようにした。ホールハード邸からはラングデイル岳とコニンストンの丘の壮大な景色を一望できるが、ポター家が休暇をすごした湖水地方の貸別荘のなかでは、水の景観のないごくわずかな別荘のひとつである。そこでグローブズはその点を改良したのだろう。

　現在ホールハード邸は1969年に創立された湖水地方園芸協会の本部になっている。ビアトリクスもよく知っていた塀に囲まれた庭は、バートラムがラズベリーを採ったり、ビアトリクスとバートラムが感じのいい老庭師とすごした場所である。そして現在では島のような形の色とりどりの花壇や細長い花壇のある、観光客向けの素晴らしい庭になっている。画家のビアトリクスが、四季を通じて献身的なボランティア団体によって入念に手入れされ見守られている庭を見れば、その色の配置や補色効果、調和の素晴らしさにきっと感激するだろう。

　さらにそのままカークストーン峠に向かって1.6キロほど進むと、トラウトベック・パーク農場（Trautbeck Park Farm）がある。ビアトリクスがとても誇りにしていた牧羊場で、1,900エーカーほどの広さがある。ビアトリクス・ポターゆかりの風景庭園をめぐる旅は、農場の下方に広がるウィンダミア湖、さらにはビアトリクスが1920年代に初めて植林を推し進めた樹木が生長した姿を見ないで終わりにするわけにはいかないだろう。［この農場からさらにトラウト・ベック川をさかのぼったところでは］トラウト・ベックがハッグ・ベックという、もうひとつの小川に分かれ、丘の

ホールハード邸の庭。現在は湖水地方園芸協会が維持管理している。

両側をそれぞれ「くの字形」に添うように流れている。〈これらふたつの小川は、丘の南の険しい岩山の下方で出会って合流しているので、丘はひとつの島といってもいいかもしれません。この「島」では、静かに流れる水音がいつも聞こえてくるようです〉[5]。ビアトリクスは『寂しい丘』と題したエッセイにそう書いている。ここにビアトリクスは大地の魔術を見たのだろう。ビアトリクスが初めて妖精のキャラバンの小さな車輪の跡を見つけたのもこの丘だった。

　［トラウトベックから］南に向かってボウネスまでは、ビアトリクスがたどったまた別の道を行くこともできる。1925年、ウィンダミア湖の東岸

ピーターラビットの服を着たカカシ
(『ピーターラビットのおはなし』より)

◀ 左頁：ボウネスにある施設「ビアトリクス・ポーターの魅惑の世界」のなかの「ピーターラビットの庭」

のコックショット岬は開発寸前の状態にあった。ビアトリクスはナショナル・トラストの開発阻止運動を支援するために、ピーターラビットのサイン入り挿絵を50枚、アメリカの販売業者に送った。そしてピーターラビットに代わって、こんな手紙を書いている。〈ぼくは自分のためにお願いしているのではありません。ああ！　どんなに多くのぼくらの絵や、ぼくらの古い本、ぼくらの古い木の家など、ぼくらの先祖伝来の家宝が大西洋を渡って、アメリカへ行ったことでしょう！　アメリカのお友だち、ぼくらの国の景観を保護するために手を貸してくれませんか〉[6]。湖岸沿いにくねくねとつづく800メートルほどの森林地帯や牧草地の小道は、ビアトリクスのこうした願いがかなった証である。

　ボウネスの街の中心にある「ビアトリクス・ポーターの魅惑の世界」は、庭園愛好家にビアトリクスの庭づくりについて思いめぐらす機会をあたえ、多いに貢献している。ここではビアトリクスの挿絵の世界とビアトリ

275

ラディシュをかじるピーターラビット
(『ピーターラビットのおはなし』より)

クスが手がけたコテージの庭のスタイルが生き生きと再現されている。また施設内にある「ピーターラビットの庭」は、ビアトリクスの好きだった「アーツ・アンド・クラフツ」様式を採りいれ、地元の煉瓦とスレートが使われている。ビアトリクスの友人で牧羊夫だったトム・ストーリーの曾孫が建てた温室も設置され、受け継がれてきた果実や花や野菜も丹念に育てられている。さらにこの庭については、チェルシー・フラワーショーのゴールドメダリスト、リチャード・ルーカスが綿密に調査し、まだ議論の余地はあるものの、この温室のラディシュがビアトリクス・ポターを象徴する作品、『ピーターラビットのおはなし』のなかで、ピーターが平らげるラディシュ（Long Scarlet）と同種のものだということを明らかにした。

　ウィンダミア湖沿いにさらに南へ行くと、もうひとつ別のカントリーハウス風の広大な屋敷、リンデス・ハウ（Lindeth Howe）邸がある。ここ

では食事もできるし、長期に宿泊することもできる。この屋敷はポター家が夏の避暑地として住まい、その後、ビアトリクスの母のポター夫人が未亡人暮らしをしていたときに購入したものである。庭園には当時ほどの美しい輝きは感じられないが、湖の景観はいまも素晴らしい。

　ビアトリクス・ポターゆかりの庭をめぐる旅の最後を飾るのにもっともふさわしい場所、それはみなさま自身のなかにあります。ビアトリクスがしたように、グーズベリーやジギタリスを植えてみるのもいいでしょう。もちろんポターの絵本に描かれているようなジャガイモやバラ、ラディッシュを栽培するのもよいと思います。また、窓ぎわにゼラニウムの鉢を置いてみるのもいいかもしれません。四季折々の庭の植物の生長過程のなかで、例えばスノードロップが毎年決まった時期に花を咲かせれば、あなたをそのたびに幸せな気分にするでしょう。

　〈わが家には花がたくさんあります。わたしはわが家の庭が大好きです。箱形の花壇のまわりを生垣で囲った昔ながらの農家の庭で、モスローズ（コケバラ）やパンジー、クロフサスグリやイチゴ、エンドウマメ、それからアヒルのジマイマのための大きなセージの低木もあります。けれどもタマネギはいつもお粗末です。わたしの大好きな、丈が高くて白いホタルブクロもありますが、その時期はちょうど終わりに近づいたところです。次はフロックス、それから最後にシオンとキクが花を咲かせます。クリスマスのあとには、すぐにスノードロップが咲くでしょう。スノードロップは自生し、庭や果樹園、森のなかでもどんどん生長します〉[7]。

おしまい

ビアトリクスがいつくしんだ植物

　付録として、ふたつの表を掲載した。「表１　ビアトリクスの庭の植物」と「表２　ビアトリクスの作品に登場する植物」である。これらの表に示す植物については、ビアトリクスの好みにしたがい一般名で記した。ただし一般名にはひとつの名称で複数のものをさすものがある——例えば「モスローズ」は、ローザ *Rosa* 科の低木のことをさすこともあり、スベリヒユ（マツバボタン） *Portulaca* のことをさすこともある——ので、今もヒルトップ農場の書棚に残されている David Thomson の *Handy Book of the Flower Garden* (1868) の記載に準拠した。

　表１のビアトリクスが庭で栽培していた植物については、現存する手紙、友人や隣人の回顧録、ヒルトップ農場を訪れた人たちのメモ書き、当時の写真をもとにした。表中の出典欄の略号については、pp300-301を参照されたい。ビアトリクスは果樹と花をいっしょに育てていたが、本書では野菜と果樹と花を分けて表記した。

　表２ではビアトリクスの庭の愛好者のために、ビアトリクスが作品に採りいれた植物を一覧にした。ビアトリクスがこれらの植物をすべて栽培していたかどうかは確かではないが、植物をその素晴らしい創作物の一部として描きこみ、鑑賞していたのはまちがいないだろう。本表では、番外編のおはなしや、ビアトリクスのイラスト入りのゲーム用品やぬり絵などは対象外とした。また作品は、初版本の発行順に記載している。

ぼくたちの大好きな小さなお庭
（『セシリ・パセリのわらべうた』より）

表1　ビアトリクスの庭の植物

植物名	学名	種類	出典
アカマツ（オウシュウアカマツ）	*Pinus sylvestris*	高木	NT Archives Photo HIL 169 27d.
アザレア／セイヨウツツジ（ロードデンドロンの仲間）	*Rhododendron* spp.	低木	L・チョイス宛ての手紙（1921 月 5 月 13 日）→ *TCL*, p19.
アスターの仲間	*Aster* spp.	多年草	ダルシー宛ての手紙（1924 年 7 月 29 日）→ *LTC*, p184.
アマドコロ	*Polygonatum giganteum*	多年生	NT Archives Photo HIL 169 2.
アメリカナデシコ	*Dianthus barbatus*	二年生	M・ウォーン宛ての手紙（1906 年 10 月 12 日）→ *Letters*, p148.
イチゴ（オランダイチゴ）	*Fragaria × ananassa*	多年草	ダルシー宛ての手紙（1924 年 7 月 29 日）→ *LTC*, p184.
エニシダ	*Cytisus scoparius*	多年生	L・チョイス宛ての手紙（1924 年 8 月 23 日）→ *TCL*, p38.
エンドウマメ	*Pisum sativum*	野菜	ダルシー宛ての手紙（1924 年 7 月 29 日）→ *LTC*, p184.
オウバイ	*Jasminum nudiflorum*	低木	M・ペリー宛の手紙（1943 年 1 月 23 日）→ *BPA*, p194.
オオエゾデンダ	*Polypodium vulgare*	多年生	M・ウォーン宛ての手紙（1906 年 7 月 18 日）→ *Letters*, p142.
オカトラノオ（黄）／ヒロハクサレダマ	*Lysimachia punctata*	多年草	L・チョイス宛ての手紙（1924 年 8 月 23 日）→ *TCL*, p38.
オダマキ（セイヨウオダマキ／ブルガリアオダマキ）	*Aquilegia vulgaris*	多年草	NT Archives Photo HIL R, 169 3.
オトギリソウ（セイヨウオトギリソウ）	*Hypericum perforatum*	多年草	『妖精のキャラバン』続編 → *HWBP*, p312.
オートムギ／エンバク	*Avena sativa*	飼料植物	L・チョイス宛ての手紙（1922 年 9 月 19 日）→ *TCL*, p20.
カーネーション（「ピンク」）	*Dianthus caryophyllus*	多年草	L・チョイス宛ての手紙（1934 年 6 月 29 日）→ *TCL*, p72.
カブ	*Brassica rapa* var. *rapa*	飼料植物	L・チョイス宛ての手紙（1943 年 5 月 26 日）→ *TCL*, p70.
カラマツ（ヨーロッパカラマツ）	*Larix decidua*	高木	L・チョイス宛ての手紙（1939 年 12 月 9 日）→ *TCL*, p67.

植物名	学名	種類	出典
カリフォルニアライラック	*Ceanothus americanus*	低木	C・クラーク宛ての手紙（1939年5月18日）→ *BPA*, p396.
カリフラワー	*Brassica oleracea* var. *botrytis*	野菜	L・チョイス宛ての手紙（1943年6月29日）→ *TCL*, p72.
カンザキアヤメ	*Iris unguicularis*	多年生	C・クーパー宛ての手紙（1936年9月10日）→ NT Archives.
キクの一種（園芸種）	*Chrysanthemum* hybrids	多年生	ダルシー宛ての手紙（1924年7月29日）→ *LTC*, p184.
キバナノクリンソウ	*Primula japonica*	多年草	M・ウォーン宛ての手紙（1909年9月16日）→ FWA.
キャベツ	*Brassica oleracea* var. *capitata*	野菜	J・スティール宛ての手紙（1931年6月2日）→ *DIDJ*, p 47.
芽キャベツ	*Brassica oleracea* var. *gemmifera*	野菜	L・チョイス宛ての手紙（1943年6月29日）→ *TCL*, p72.
キンギョソウ	*Antirrhinum majus*	一年生	Elizabeth Stevens, *The Horn Book Magazine* (1958年4月), pp131-136.
キンポウゲ／トリカブト／キバノヒツノソウ	*Eranthis hyemalis*	多年生	M・ペリー宛ての手紙（1934年2月20日）→ *BPA*, p56.
クサソテツ	*Matteuccia struthiopteris*	多年生	NT Archives Photo 145997_HD21.
クサボケ	*Chaenomeles japonica* (syn. *Pyrus japonica*)	低木	『妖精のキャラバン』続編 → *HWBP*, p312.
クジャクサボテンの一種（園芸種）	*Epiphyllum* cv.	鉢植え植物	L・チョイス宛ての手紙（1939年7月19日）→ *TCL*, p64.
グーズベリー／セイヨウスグリ	*Ribes grossularia*	果樹	L・チョイス宛ての手紙（1934年4月12日）→ *TCL*, p49.
クラブアップル／ヨーロッパ野生リンゴ	*Malus sylvestris*	果樹	L・チョイス宛ての手紙（1943年8月16日）→ *Letters*, p74.
クリンザクラ	*Primula polyantha*	多年草	M・ウォーン宛ての手紙（1911年4月6日）→ FLP Archive.
クレマチスの仲間	*Clematis* spp.	蔓植物	『妖精のキャラバン』続編→ *HWBP*, p312
クロッカス（イトバサフラン・クロッカス）	*Crocus angustifolius*	多年生	M・ペリー宛ての手紙（1934年2月20日）→ *BPA*, p56.

植物名	学名	種類	出典
クロフサスグリ	*Ribes nigrum*	果樹	ダルシー宛ての手紙（1924 年 7 月 29 日）→ *LTC*, p184.
ケシ	*Papaver somniferum*	一年生	NT Archives Photo HIL R 169 32.
ゲッケイジュ	*Laurus nobilis*	高木	M・ウォーン宛ての手紙（1906 年 9 月 30 日）→ *Letters*, p146.
ゴウダソウ	*Lunaria annua*	二年生	M・ウォーン宛ての手紙（1906 年 10 月 12 日）→ *Letters*, p148.
高山性シャクナゲ	*Rhododendron ferrugineum*	低木	L・チョイス宛ての手紙（1925 年 10 月 16 日）→ *TCL*, p44.
ジギタリス／キツネノテブクロ	*Digitalis purpurea*	二年生	'Memories of Anne C. Moore' → *SIT*, p16.
シナマンサク	*Hamamelis mollis*	低木	M・ペリー宛ての手紙（1935 年 2 月 4 日）→ *BPA*, p64.
シモツケソウの仲間	*Spiraea* spp.	低木	C・クラーク宛ての手紙（1939 年 3 月 18 日）→ *Letters*, p396.
ジャガイモ	*Solanum tuberosum*	野菜	L・チョイス宛ての手紙（1943 年 6 月 29 日）→ *TCL*, p72.
シャクヤク	*Paeonia lactiflora*	多年草	NT Archives Photo HIL 169 2.
ジャーマン・アイリス／ドイツアヤメ	*Iris germanica*	多年生	C・クーパー宛ての手紙（1936 年 9 月 10 日）→ NT Archives.
シュウメイギク	*Anemone hupehensis* var. *japonica*	多年生	M・ウォーン宛ての手紙（1906 年 10 月 12 日）→ *Letters*, p148.
スイカズラの仲間	*Lonicera* spp.	蔓植物	『妖精のキャラバン』続編 → *HWBP*, p312.
スイセン			
八重咲きスイセン	*Narcissus*, Division 4	多年生	M・ウォーン宛ての手紙（1914 年 5 月 12 日）→ 未刊。
ラッパスイセン（栽培種）	*Narcissus* cv.	多年生	C・クラーク宛ての手紙（1934 年 4 月 8 日）→ *Letters*, p362.
ラッパスイセン（自生種）	*Narcissus pseudonarcissus*	多年生	C・クラーク宛ての手紙（1934 年 4 月 8 日）→ *Letters*, p362.
スイートピー	*Lathyrus odoratus*	一年生	NT Archives Photo HIL R 169 28.
ストックの仲間	*Matthiola* spp.	一年生	Elizabeth Stevens, *The Horn Book Magazine*（1958 年 4 月）, pp131-136.

植物名	学名	種類	出典
スノードロップ／マツユキソウ	*Galanthus nivalis*	多年生	M・ペリー宛ての手紙（1935 年 2 月 4 日）→ *BPA*, p64.
スミレの仲間	*Viola* spp.	多年草	M・ウォーン宛ての手紙（1906 年 10 月 12 日）→ *Letters*, p148.
セージ／薬用サルビア	*Salvia officinalis*	多年草	ダルシー宛ての手紙（1924 年 7 月 29 日）→ *LTC*, p184.
ゼラニウム／テンジクアオイ	*Pelargonium* × *hortorum*	鉢植え植物	D・ハモンド宛ての手紙（1939 年 4 月）→ *Letters*, p403.
セロリ	*Apium graveolens* var. *dulce*	野菜	L・チョイス宛ての手紙（1934 年 10 月 20 日）→ *TCL*, p51.
ソラマメ	*Vicia faba*	野菜	L・チョイス宛ての手紙（1934 年 4 月 7 日）→ *TCL*, p54.
タチアオイ	*Alcea rosea*	一年生	Elizabeth Stevens, *The Horn Book Magazine*（1958 年 4 月）pp131-136.
タマネギ	*Allium cepa*	野菜	H・フィッシュ宛ての手紙（1941 年 11 月 13 日）→ *BPA*, p158.
ダムソンプラム	*Prunus domestica* subsp. *insititia*	果樹	L・チョイス宛ての手紙（1924 年 5 月 12 日）→ *TCL*, p35.
ダリア	*Dahlia* cv.	一年生	L・チョイス宛ての手紙（1925 年 10 月 16 日）→ *TCL*, p44.
チューリップ	*Tulipa* cv.	多年草	M・ペリー宛ての手紙（1934 年 12 月 12 日）→ *BPA*, p61.
ツゲノキ（セイヨウツゲ）	*Buxus sempervirens*	低木	ダルシー宛ての手紙（1924 年 7 月 29 日）→ *LTC*, p184.
ツツジ／シャクナゲ（ロードデンドロンの仲間）	*Rhododendron* spp.	低木	M・ウォーン宛ての手紙（1906 年 9 月 30 日）→ *Letters*, p146.
ツリガネソウ（白）／ホタルブクロ（白）	*Campanula lactiflora* 'Alba'	多年生	ダルシー宛ての手紙（姓は不明、1924 年 7 月 29 日）→ *LTC*, p184.
テンサイ	*Beta vulgaris*	飼料植物	H・フィッシュ宛ての手紙（1941 年 11 月 13 日）→ *BPA*, p158.
トウモロコシ	*Zea mays*	飼料作物（牧草）	C・クーパー宛ての手紙（1936 年 9 月 10 日）→ NT Archives.
ニオイアラセイトウ	*Cheiranthus cheiri*	二年生	『妖精のキャラバン』続編 → *HWBP*, p312.

植物名	学名	種類	出典
ニラネギ／ポロネギ	*Allium ampeloprasum* var. *porrum*	野菜	H・フィッシュ宛ての手紙（1941年11月13日）→ *BPA*, p158.
ニンジン	*Daucus carota*	野菜	H・フィッシュ宛ての手紙（1941年11月13日）→ *BPA*, p158.
バイカウツギ	*Philadelphus coronarius*	低木	M・ウォーン宛ての手紙（1906年9月30日）→ *Letters*, p146.
ハマカンザシ	*Armeria maritima*	多年草	J・シャープランド宛ての手紙（1913年9月26日）；『ザ・タイムス』紙（2006年3月9日）
バラの仲間	*Rosa* spp.	低木	Elizabeth Stevens, *The Horn Book Magazine*（1958年4月）pp131-136.
バラ'クイーン・オブ・ブルボン'	*Rosa* 'Queen of Bourbons'	低木	'Memories of Joan Duke'（1987）アンブルサイド・オーラルヒストリー・プロジェクト.
ピンク・キャベッジ・ローズ（セイヨウバラ，ピンク色）	*Rosa* × *centifolia*	低木	『妖精のキャラバン』続編 → *HWBP*, p312.
パンジー／三色スミレの仲間	*Viola* spp. および hybrids	一年生	ダルシー宛ての手紙（1924年7月29日）→ *LTC*, p184.
バンダイソウ	*Sempervivum tectorum*	多年生	『妖精のキャラバン』続編 → *HWBP*, p312.
ヒイラギ（セイヨウヒイラギ）	*Ilex aquifolium*	低木	M・ペリー宛の手紙（1935年12月12日）→ *BPA*, p62.
ヒャクニチソウ	*Zinnia elegans*	一年生	NT Archives Photo HIL R 169 32.
ヒヤシンス	*Hyacinthus orientalis*	多年生	N・ムーア宛ての手紙（1896年4月6日）→ *LTC*, pp38-39.
フクシアの仲間	*Fuchsia* spp.	多年生	M・ウォーン宛ての手紙（1906年9月30日）→ *Letters*, p146.
フジの仲間	*Wisteria* spp.	蔓植物	『妖精のキャラバン』続編 → *HWBP*, p312.
フダンソウ	*Beta vulgaris* subsp. *vulgaris*	飼料植物	L・チョイス宛ての手紙（1943年5月26日）→ *TCL*, p70.
ブドウ（ヨーロッパブドウ）	*Vitis vinifera*	果樹	M・ウォーン宛ての手紙（1912年8月22日）→ *BPA*, p199

植物名	学名	種類	出典
ブラックベリー／セイヨウヤブイチゴ	*Rubus fruticosus*	果樹	L・チョイス宛ての手紙（1943年8月16日）→ *TCL*, p74.
ブルーベル（イングリッシュ・ブルーベル）／ツリガネズイセン	*Hyacinthoides non-scripta*	多年生	H・クーリッジ宛ての手紙（1928年6月28日）→ *BPA*, p16.
プルーン	*Prunus domestica*	果樹	L・チョイス宛ての手紙（1923年5月2日）→ *TCL*, p26.
フロックス／クサキョウチクトウ	*Phlox paniculata*	多年草	ダルシー宛ての手紙（1924年7月29日）→ *LTC*, p184.
ブロッコリー	*Brassica oleracea* var. *italica*	野菜	L・チョイス宛ての手紙（1943年5月26日）→ *TCL*, p70.
ペポカボチャ	*Cucurbita pepo*	野菜	L・チョイス宛ての手紙（1943年8月16日）→ *TCL*, p74.
ホウレンソウ	*Spinacia oleracea*	野菜	H・フィッシュ宛ての手紙（1941年11月13日）→ *BPA*, p158.
干し草用の牧草	mixed grasses, etc.	飼料植物	L・チョイス宛ての手紙（1922年9月19日）→ *TCL*, p20.
ムラサキナズナ／ホワイトロック	*Aubrieta deltoidea*	多年草	M・ウォーン宛ての手紙（1906年9月30日）→ *Letters*, p146.
モクセイソウ	*Reseda odorata*	一年生	Elizabeth Stevens, *The Horn Book Magazine*（1958年4月）pp131-136.
モクレン／マグノリアの仲間	*Magnolia* spp.	高木	D・ハモンド宛ての手紙（1936年9月30日）　未刊
モスローズ／コケバラ	*Rosa communis*	低木	ダルシー宛ての手紙（1924年7月29日）→ *LTC*, p184.
ヤマブキショウマ	*Aruncus dioicus*	多年生	NT Archives Photo HIL R 169 17.
ユキノシタ（セイヨウクモマグサ）	*Saxifraga rosacea*	多年草	M・ウォーン宛ての手紙（1906年9月6日）→ *Letters*, p143.
ヒカゲユキノシタ	*Saxifraga* × *urbium*	多年草	M・ウォーン宛ての手紙（1906年9月6日）→ *Letters*, p143.
ユリの仲間	*Lilium* spp.	多年草	M・ウォーン宛ての手紙（1906年10月12日）→ *Letters*, p149.
ヨウシュイボタノキ	*Ligustrum vulgare*	低木	A・C・ムーア宛ての手紙（1940年5月25日）→ *BPA*, p105.

植物名	学名	種類	出典
ヨウナシ（セイヨウナシ）	*Pyrus communis*	果樹	M・ウォーン宛ての手紙（1911年8月12日）→ *LTC*, p128.
ヨウラクユリ	*Fritillaria imperialis*	多年生	M・ウォーン宛ての手紙（1911年4月6日）→ FLP Archive.
ライラック／リラ／ムラサキハシドイ	*Syringa vulgaris*	低木	L・チョイス宛ての手紙（1921年5月13日）→ *TCL*, p19.
ラズベリー／ヨーロッパキイチゴ	*Rubus idaeus*	果樹	ハリー＆エセル・バイヤーへのインタビュー記事（1991年1月17日）（NT）.
ラベンダー（イングリッシュ・ラベンダー）	*Lavandula angustifolia*	多年生	M・ウォーン宛ての手紙（1906年10月12日）→ *Letters*, p148.
リンゴ（セイヨウリンゴ、栽培種）	*Malus domestica*	果樹	M・ライト（宛ての手紙（1942年6月26日）→ *Letters*, p450.
リンドウの仲間	*Gentiana* spp.	多年生	『妖精のキャラバン』続編 → *HWBP*, p312.
ルバーブ／ダイオウ（食用ダイオウ）	*Rheum rhabarbarum*	野菜	「C・クラークの思い出」→ *TBP*, p85.
レタス	*Lactuca sativa*	野菜	L・チョイス宛ての手紙（1943年6月29日）→ *TCL*, p72.
ローズマリー／マンネンロウ	*Rosmarinus officinalis*	多年草	『妖精のキャラバン』続編 → *HWBP*, p312.
ワスレナグサ（エゾムラサキ）	*Myosotis sylvatica*	二年生	'Memories of Susan Ludbrook' → *BPSN*, April 1999, p6.

表1 ⟫ ビアトリクスの庭の植物

表2　ビアトリクスの作品に登場する植物
（植物が文中および挿絵のどこに登場するかを◆で示す）

作品名（刊行年）	植物名	学名	文	図
『ピーターラビットの おはなし』（1902）	アメリカトガサワラ／ベイマツ	*Pseudotsuga menziesii*	◆	◆
	インゲンマメ	*Phaseolus vulgaris*	◆	◆
	エンドウマメ	*Pisum sativum*	◆	
	カブ	*Brassica rapa* var. *rapa*		◆
	カモミール／カミツレ	*Matricaria recutita*	◆	
	キャベツ	*Brassica oleracea* var. *capitata*	◆	◆
	キュウリ	*Cucumis sativus*	◆	
	キンレンカ／ノウゼンハレン	*Tropaeolum majus*		◆
	グーズベリー／セイヨウスグリ	*Ribes grossularia*	◆	◆
	クロフサスグリ	*Ribes nigrum*	◆	
	ジャガイモ	*Solanum tuberosum*		◆
	ゼラニウム／テンジクアオイ	*Pelargonium* × *hortorum*		◆
	タマネギ	*Allium cepa*		◆
	パセリ／オランダゼリ	*Petroselinum Hortense*	◆	
	ブラックベリー／セイヨウヤブイチゴ	*Rubus fruticosus*	◆	◆
	ラディッシュ／ハツカダイコン	*Raphanus sativus*	◆	
	レタス	*Lactuca sativa*	◆	
『りすのナトキンの おはなし』（1903）	アメリカトガサワラ／ベイマツ		◆	◆
	イチゴ（オランダイチゴ）	*Fragaria* × *ananassa*	◆	
	イラクサ（セイヨウイラクサ）	*Urtica dioica*	◆	
	オークの仲間	*Quercus* spp.	◆	◆
	ギシギシ（ヒロハギシギシ／エゾノギシギシ）	*Rumex obtusifolius*	◆	
	クリ（ヨーロッパグリ）	*Castanea sativa*	◆	
	クラブアップル（ヨーロッパ野生リンゴ）	*Malus sylvestris*	◆	◆
	サクランボ／セイヨウミザクラ	*Prunus avium*	◆	
	ドッグローズ／イヌバラ	*Rosa canina*	◆	

288　ビアトリクスがいつくしんだ植物

作品名（刊行年）	植物名	学名	文	図
	ハシバミ（セイヨウハシバミ）	*Corylus avellana*	◆	
	ブナノキ（ヨーロッパブナ）	*Fagus sylvatica*	◆	◆
	プルーン／セイヨウスモモ	*Prunus domestica*	◆	
	マツの仲間	*Pinus* spp.	◆	
『グロスターの仕たて屋』 （1903） （この作品では、刺繍の柄と して植物が描かれている）	ケシの仲間	*Papaver* spp.	◆	
	バラの仲間	*Rosa* spp.	◆	
	パンジー／三色スミレ	*Viola* × *hybridus*	◆	
	ヤグルマギク	*Centaurea cyanus*	◆	
『ベンジャミンバニーの おはなし』（1904）	アメリカトガサワラ／ベイマツ		◆	
	カーネーション／オランダナデシコの仲間	*Dianthus* spp.		◆
	カモミール／カミツレ		◆	
	サクランボ／セイヨウミザクラ		◆	
	ソラマメ	*Vicia faba*		
	タマネギ		◆	◆
	ヨウナシ（セイヨウナシ）	*Pyrus communis*	◆	◆
	ラベンダー（イングリッシュ・ラベンダー）	*Lavandula angustifolia*	◆	◆
	レタス		◆	◆
	ローズマリー／マンネンロウ	*Rosmarinus officinalis*	◆	
『2ひきのわるいねずみの おはなし』（1904）	（生きた植物は登場しない）			
『ティギーおばさんのお はなし』（1905）	アカスグリの仲間	*Ribes* spp.	◆	
	イグサの仲間	*Juncus* spp.	◆	
	ジギタリス／キツネノテブクロ	*Digitalis purpurea*		◆
	タマネギ		◆	
	デイジー／ヒナギク	*Bellis perennis*		◆
	ワスレナグサ（シンワスレナグサ）	*Myosotis scorpoides*		◆
	ワラビ	*Pteridium aquilinum*	◆	◆

表2 ▶ ビアトリクスの作品に登場する植物

作品名（刊行年）	植物名	学名	文	図
『パイがふたつあったお はなし』（1905）	オニユリ	*Lilium lancifolium*		◆
	カーネーション／オランダナデシコの仲間			◆
	キンギョソウ	*Antirrhinum majus*		◆
	クレマチスの仲間	*Clematis* spp.		◆
	ゼラニウム／テンジクアオイ			◆
	タンポポ（セイヨウタンポポ）	*Taraxacum officinale*		◆
	ツタカラクサ／ツタバウンラン	*Cymbalaria muralis*		◆
	デイジー／ヒナギク			◆
	バラ			◆
	フロックス／クサキョウチクトウ	*Phlox paniculata*		◆
	ムスクマロウ／ジャコウアオイ	*Malva moschata*		◆
	メコノプシス（セイヨウメコノプシス）	*Meconopsis cambrica*		◆
『ジェレミー・フィッ シャーどんのおはなし』 （1906）	イグサの仲間		◆	◆
	オモダカの仲間	*Sagittaria* spp.	◆	◆
	カッコウセンノウ	*Lychnis flos-cuculi*		◆
	シロスイレン	*Nymphaea alba*	◆	◆
	リュウキンカ	*Caltha palustris*	◆	◆
	ワスレナグサ			◆
『こわいわるいうさぎの おはなし』（1906）	ニンジン	*Daucus carota*	◆	◆
『モペットちゃんのおは なし』（1906）	（生きた植物は登場せず）			
『こねこのトムのおはな し』（1907）	オオエゾデンダ	*Polypodium vulgare*		◆
	カーネーション／オランダナデシコの仲間			◆
	キンギョソウ			◆
	クサソテツ	*Matteuccia struthiopteris*	◆	◆
	クレマチス			◆
	シャクヤク	*Paeonia lactiflora*		◆
	ジャーマンアイリス／ドイツアヤメ	*Iris germanica*		◆

作品名（刊行年）	植物名	学名	文	図
	シュウメイギク	*Anemone hupehensis* Var. *japonica*		◆
	水生植物			◆
	スイレン			◆
	ゼラニウム／テンジクアオイ			◆
	ニオイアラセイトウ	*Cheiranthus cheiri*		◆
	バラ			◆
	スコットランド産の黄色いバラ	*Rosa spinosissima*		◆
	パンジー／三色スミレ			◆
	ラッパスイセン（栽培種）	*Narcissus* cv.		◆
	ロードデンドロン（アザレア、ツツジ、シャクナゲなど）の仲間	*Rhododendron* spp.		◆
	ワスレナグサ			◆
『あひるのジマイマのおはなし』（1908）	ジギタリス／キツネノテブクロ		◆	◆
	セージ／薬用サルビア	*Salvia officinalis*	◆	◆
	タイム／タチジャコウソウ	*Thymus vulgaris*	◆	
	タマネギ		◆	◆
	バラ			◆
	ミントの仲間	*Mentha* spp.	◆	
	ルバーブ／食用ダイオウ	*Rheum rhabarbarum*	◆	
『ひげのサムエルのおはなし』（1908）（初版時は『ローリーポーリー・プディング』の題名で刊行）	オオエゾデンダ			◆
	ゼラニウム／テンジクアオイ			◆
	トチノキ（セイヨウトチノキ）	*Aesculus hippocastanum*		◆
	バラ			◆
	ライラック	*Syringa vulgaris*		◆
『プロプシーのこどもたち』（1909）	カブ		◆	
	キャベツ		◆	◆
	シクラメン	*Cyclamen europaeum*		◆
	ツゲノキ（セイヨウツゲ）	*Buxus sempervirens*		◆

表2 ◢ ビアトリクスの作品に登場する植物　　*291*

作品名（刊行年）	植物名	学名	文	図
	ゼラニウム／テンジクアオイ			◆
	バラ			◆
	パンジー／三色スミレ			◆
	フクシア（交配種）	*Fuchsia* hybrid		◆
	フレンチマリーゴールド／クジャクソウ／センジュギク	*Tagetes patula*		◆
	ペポカボチャ	*Cucurbita pepo*	◆	◆
	レタス		◆	◆
『「ジンジャーとピクルズや」のおはなし』（1909）	カタバミ（コミヤマカタバミ）	*Oxalis acetosella*		◆
	フジの仲間	*Wisteria* spp.		◆
『のねずみチュウチュウおくさんのおはなし』（1910）	アザミの仲間	*Cirsium* spp.	◆	◆
	オーク		◆	
	キバナノクリンザクラ	*Primula veris*	◆	
	ギョクハイ（玉杯）	*Umbilicus rupestris*		◆
	サクランボ／セイヨウミザクラ		◆	
	シロツメクサ	*Trifolium repens*		◆
『カルアシ・チミーのおはなし』（1911）	カエデの仲間	*Acer* spp.		◆
『キツネどんのおはなし』（1912）	オーク		◆	
	キバナノクリンザクラ		◆	
	キャベツ		◆	◆
	タンポポ（セイヨウタンポポ）		◆	
	ピグナット　＊野生ニンジン	*Conopodium majus*	◆	
	ブルーベル（イングリッシュ・ブルーベル）	*Hyacinthoides non-scripta*	◆	◆
	ヤナギの仲間	*Salix* spp.	◆	
	ラベンダー（イングリッシュ・ラベンダー）		◆	
	ワラビ			◆
『こぶたのピグリン・ブランドのおはなし』（1913）	ジャガイモ		◆	
	ニンジン		◆	◆

作品名（刊行年）	植物名	学名	文	図
	ヒエンソウ	*Consolida ambigua*		◆
『アプリイ・ダブリイのわらべうた』（1917）	ジャガイモ		◆	◆
	トネリコ（セイヨウトネリコ）	*Fraxinus excelsior*	◆	◆
	ニンジン			◆
『まちねずみジョニーのおはなし』（1918）	イチゴ（オランダイチゴ）		◆	◆
	エンドウマメ		◆	◆
	カーネーション／オランダナデシコの仲間		◆	◆
	カーネーション（「ピンク」）	*Dianthus caryophyllus*	◆	
	キャベツ		◆	◆
	サトイモ科の植物（テンナンショウ亜属；アルム属）	*Arum maculatum*		◆
	スミレの仲間	*Viola* spp.	◆	◆
	デイジー／ヒナギク			◆
	トウモロコシ	*Zea mays*	◆	
	バラ		◆	
	パンジー／三色スミレ		◆	◆
『セシリ・パセリのわらべうた』（1922）	カブ			◆
	キバナノクリンザクラ			◆
	グーズベリー／セイヨウスグリ			◆
	ジャガイモ			◆
	ニンジン		◆	◆
	ブルーベル（イングリッシュ・ブルーベル）			◆
『ピーターラビットの暦 1929年版』（1928）	イングリッシュ・プリムローズ／イチゲザクラソウ	*Primula vulgaris*		◆
	オオエゾデンダ			◆
	キヅタ（セイヨウキヅタ）	*Hedera helix*		◆
	キャベツ			◆
	スノードロップ／マツユキソウ	*Galanthus nivalis*		◆
	セイヨウバクチノキ	*Prunus laurocerasus*		◆

表2 ● ビアトリクスの作品に登場する植物　　293

作品名（刊行年）	植物名	学名	文	図
	ゼラニウム／テンジクアオイ			◆
	ツゲノキ（セイヨウツゲ）			◆
	パンジー／三色スミレ			◆
	ラッパスイセン（栽培種）			◆
	ラッパスイセン（自生種）	*Narcissus pseudonarcissus*		◆
	リンゴ（セイヨウリンゴ、栽培種）	*Malus domestica*		◆
『妖精のキャラバン』 （1929）	アカスグリ／アカフサスグリ	*Ribes rubrum*	◆	
	アマ	*Linum usitatissimum*	◆	
	アメリカトガサワラ／ベイマツ		◆	
	イグサ		◆	
	イチイ（セイヨウイチイ／ヨーロッパイチイ）	*Taxus baccata*	◆	
	イラクサ（セイヨウイラクサ）		◆	
	イングリッシュ・プリムローズ／イチゲサクラソウ		◆	
	エニシダ	*Cytisus scoparius*	◆	
	オオエゾヮテンダ		◆	
	オーク		◆	
	カキオドシ（セイヨウカキドオシ）	*Glechoma hederacea*	◆	
	カッコウセンノウ		◆	
	カバノキの仲間	*Betula* spp.	◆	
	カラフトアツモリソウ	*Cypripedium calceolus*	◆	
	カラマツ（ヨーロッパカラマツ）	*Larix decidua*	◆	
	キイチゴの仲間	*Rubus* spp.	◆	
	キヅタ（セイヨウキヅタ）		◆	
	キバナノクリンザクラ		◆	
	キンセンカ	*Calendula officinalis*	◆	
	菌類／テングダケの仲間	*Amanita* spp.	◆	
	グーズベリー／セイヨウスグリ		◆	

作品名（刊行年）	植物名	学名	文	図
	クリ（ヨーロッパグリ）		◆	
	クローバー	*Trifolium repens*	◆	
	クワガタソウの仲間	*Veronica* spp.	◆	
	コヌカグサの一種	*Agrostis capillaris*	◆	
	サクランボ／セイヨウミザクラ		◆	
	サトイモ科の植物（テンナンショウ亜属；アルム属）		◆	
	サビナビャクシン	*Juniperus sabina*	◆	
	サンザシ（セイヨウサンザシ）	*Crataegus monogyna*	◆	
	ジギタリス／キツネノテブクロ		◆	
	ジャガイモ		◆	
	シャクヤク		◆	
	ショウガ	*Zingiber officinale*	◆	
	スギノキ（レバノンスギ／ヒマラヤスギ）	*Cedrus libanotica*	◆	◆
	スズカケノキ		◆	
	スノードロップ／マツユキソウ		◆	
	スミレ		◆	
	タマネギ		◆	
	デイジー／ヒナギク		◆	
	トウヒの仲間	*Picea* spp.	◆	
	トウモロコシ		◆	
	ナツユキソウ（セイヨウナツユキソウ）	*Filipendula ulmaria*	◆	
	ナナカマド（セイヨウナナカマド）	*Sorbus aucuparia*	◆	
	ニオイアラセイトウ		◆	
	ニガクサの一種	*Teucrium chamaedrys*	◆	
	ニレノキの一種	*Ulmus campestris*	◆	
	ニワトコ（セイヨウニワトコ）	*Sambucus nigra*	◆	
	ニンジン		◆	

表2 ▶ ビアトリクスの作品に登場する植物　　295

作品名（刊行年）	植物名	学名	文	図
	ノイチゴ／エゾヘビイチゴ	*Fragaria vesca*	◆	
	ハクサンチドリの一種	*Dactylorhiza fuchsii*	◆	
	ハシバミ（セイヨウハシバミ）		◆	
	パースニップ／シロニンジン／アメリカボウフウ	*Pastinaca sativa*	◆	
	ハナタネツケバナ	*Cardamine pratensis*	◆	
	バラ		◆	
	ハンノキの仲間	*Alnus* spp.	◆	
	ヒイラギ（セイヨウヒイラギ）	*Ilex aquifolium*	◆	
	ヒメツルニチニチソウ	*Vinca minor*	◆	
	ヒメハギの一種	*Polygala vulgaris*	◆	
	ブナノキ		◆	
	ブルーベル（イングリッシュ・ブルーベル）		◆	
	ヘンルーダ	*Ruta graveolens*	◆	
	マツ		◆	
	ノンノユワキスゲ	*Hemerocallis flava*	◆	
	ミヤコグサ（セイヨウミヤコグサ）	*Lotus corniculatus*	◆	
	ヤマニンジン／シャク	*Anthriscus sylvestris*	◆	
	ラズベリー／ヨーロッパキイチゴ	*Rubus idaeus*	◆	
	ラッパスイセン（自生種）		◆	
	ラナンキュラスの仲間	*Ranunculus* spp.	◆	
	ラナンキュラスの一種（白）	*Ranunculus aconitifolius*	◆	
	リンゴ		◆	
	クラブアップル（ヨーロッパ野生リンゴ）		◆	
	レモンバーム／セイヨウヤマハッカ／コウスイハッカ	*Melissa officinalis*	◆	
	ヨウナシ（セイヨウナシ）		◆	
	ワスレナグサ		◆	
	ワラビ		◆	

作品名（刊行年）	植物名	学名	文	図
『こぶたのロビンソンのおはなし』（1930）	アスパラガス	*Asparagus officinalis*	◆	
	イングリッシュ・プリムローズ／イチゲサクラソウ		◆	
	エンドウマメ		◆	
	カブ		◆	
	カリフラワー	*Brassica oleracea* var. *botrytis*	◆	◆
	キャベツ		◆	
	キンポウゲの一種	*Ranunculus aquatilis*	◆	
	キンポウゲの仲間		◆	
	小麦の仲間	*Triticum* spp.	◆	
	ジャガイモ		◆	
	タマネギ		◆	
	デイジー／ヒナギク		◆	
	トウモロコシ		◆	
	ニレノキ		◆	
	ネコヤナギの一種	*Salix discolor*	◆	
	パンノキ	*Artocarpus altilis*	◆	
	ブロッコリー	*Brassica oleracea* var. *italica*	◆	
	ボング樹／コバノナンヨウスギ	*Araucaria heterophylla*	◆	◆
	ヤマノイモの仲間	*Dioscorea* spp.	◆	
	ラッパスイセン		◆	
	リンゴ		◆	
	ルバーブ／食用ダイオウ		◆	
『アン姉さん』（1932）	ニワトコ（セイヨウニワトコ）	*Sambucus nigra*	◆	
『ふりこのかべかけ時計』（1944）	カヤツリグサの仲間	*Cyperus* spp.	◆	
	キャベツ		◆	
	コゴメグサの一種	*Euphrasia officinalis*	◆	
	シモツケソウの仲間	*Spiraea* spp.	◆	

表2 ▶ ビアトリクスの作品に登場する植物　　*297*

作品名（刊行年）	植物名	学名	文	図
	タイム／タチジャコウソウ		◆	
	ニオイアラセイトウ		◆	
	バラ		◆	
	パンジー／三色スミレ		◆	
	ヒソップ	*Hyssopus officinalis*	◆	
	モウセンゴケの仲間	*Drosera* spp.	◆	
	ルリジサ（ボリジ）	*Borago officinalis*	◆	
	レモンバーム／セイヨウヤマハッカ／コウスイハッカ		◆	

参考文献および原注

　ビアトリクス・ポターの生涯、および作品について研究調査をしたい人は、ビアトリクス・ポター協会（The Beatrix Potter Society）の会員になるといい。ビアトリクス同様、会員はみんな面白くてユーモアを解する人たちで、グループとしても開放的でなごやかでありながら、つねに高い水準を維持している。また会報も出版物も情報に富み、内容もしっかりしていて、いい意味で最高に「風変わり」でもある。

　わたしが初めて出席した会合で、最初に聴いたのは、ヨーク大学のピーター・ホリンデイル氏によるエリザベス王朝の戯曲と児童文学についての講演だった。ホリンデイル氏はその講義のなかで、「わたしは妻からときどき、リスの『ナトキン』ならぬ『ナッツ缶』などと呼ばれております」と自己紹介をしたので、わたしはすっかり魅了されてしまった。

　ビアトリクス・ポターについて知るには、まずはその作品を読むこと。フレデリック・ウォーン社は、現在ペンギン・ランダムハウス社の傘下に入っているが、その後も素晴らしい本を出版しつづけている。またビアトリクスに関する主要文献、およびこの項でリストアップしたビアトリクスの著作も、同社から出版されている。これからビアトリクスに関する文献を読もうという人は、リンダ・リア（Linda Lear）、ジュディ・テイラー（Judy Taylor）、およびマーガレット・レイン（Margaret Lane）の著作からはじめるといいだろう。ジュディ・テイラー編の書簡集はたいへん魅力的であり、またジェーン・クロウェル・モース（Jane Crowell Morse）編の書簡集は、ビアトリクスがアメリカの知人・友人に宛てた書簡をまとめたものである。

　本書における、こうした文献や施設・団体名の略号は、リンダ・リア氏の許諾を得て、同氏の著作 *Beatrix Potter : A Life in Nature*（邦訳『ビアトリクス・ポター：ピーターラビットと大自然への愛』）のそれに倣った。

■文献および施設・団体名などの略号

・略号のアルファベット順にならべた。
・邦訳のあるものは［　］内に示した。

● **AML**：Armitt Museum and Library（アーミット博物館＆図書館）

● *ASC*：Judy Taylor, *Beatrix Potter*：*Artist, Storyteller and Countrywoman*, London：Frederick Warne, 1986 (revised edition 2002).［邦訳 ジュディ・テイラー『ビアトリクス・ポター：描き、語り、田園をいつくしんだ人』吉田新一訳、福音館書店、2001］

● *BPA*：Jane Crowell Morse, ed., *Beatrix Potter's Americans*：*Selected Letters*, Boston：Horn Book, 1982.

● *BP/AW*：Judy Taylor, Joyce Irene Whalley, Anne Stevenson Hobbs, and Elizabeth Battrick, eds. *Beatrix Potter, 1866-1943*：*The Artist and Her World*. London：Frederick Warne, 1987 (revised edition 1995).

● *BP/LC*：Margit Sperling Cotsen, *The Beatrix Potter Collection of Lloyd Cotsen*. Los Angeles：Cotsen Occasional Press, 2004.

● *BPLN*：Linda Lear, *Beatrix Potter*：*A Life in Nature*, New York：St. Martin's Press, 2007.［邦訳 リンダ・リア『ビアトリクス・ポター：ピーターラビットと大自然への愛』黒川由美訳、ランダムハウス講談社、2007］

● **BPS**：The Beatrix Potter Society（ビアトリクス・ポター協会）, London. 保管文書はヴィクトリア＆アルバート美術館（V&A）に貸与。

● *BP/Scot*：Lynn McGeachie, *Beatrix Potter's Scotland*. Edinburgh：Luath Press, 2010.

● *BPSN*：*The Beatrix Potter Society Journal and Newsletter*

● *BPSS*：*Beatrix Potter Studies*

● *BP/V&A*：Anne Stevenson Hobbs, Joyce Irene Whalley, *Beatrix Potter*：*The Victoria and Albert Collection*. London：Frederick Warne, 1985.

● **CCP**：Cotsen Children's Library, Princeton University（プリンストン大学 コウツェン児童図書館）

● *DIDJ*：Beatrix Potter, *Dear Ivy, Dear June*：*Letters from Beatrix Potter*. Toronto：Friends of the Osborne and Lillian H. Smith Collections, 1977.

● *FF*：Beatrix Potter, *Beatrix Potter's Farming Friendship*：*Lake District Letters to Joseph Moscrop, 1926-1943*, edited by Judy Taylor：London：The Beatrix Potter Society, 1998.

● **FLP**：Free Library of Philadelphia（フィラデルフィア公共図書館）

- **FWA**：Frederick Warne Archives（フレデリック・ウォーン社 資料館），London

- *HWBP*：Leslie Linder, ed., *A History of the Writings of Beatrix Potter*, London：Frederick Warne, 1981（revised edition, 1987）.

- *Journal*：Beatrix Potter, *The Journal of Beatrix Potter, 1881-1897.* →Leslie Linder, ed. London：Frederick Warne, 1966（revised edition, 1987）　＊暗号で書かれたビアトリクスの日記をレスリー・リンダー（Leslie Linder）が解読したもの。

- *Letters*：Beatrix Potter, *Beatrix Potter's Letters*. Selected by Judy Taylor. London：Frederick Warne, 1989.

- **LPC**：Beatrix Potter Collection, The Linda Lear Center for Special Collections and Archives, Connecticut College.（コネチカット・カレッジ リンダ・リアセンター特別コレクション＆アーカイブス ビアトリクス・ポターコレクション）

- *LTC*：Beatrix Potter, *Letters to Children from Beatrix Potter*. Edited by Judy Taylor, London：Frederick Warne, 1992.

- *MY*：Margaret Lane, *The Magic Years of Beatrix Potter*. London：Frederick Warne, 1978.［邦訳 マーガレット・レイン『ビアトリクス・ポターの生涯：ピーターラビットを生んだ魔法の歳月』猪熊葉子訳、福音館書店、1986］

- **NT**：National Trust（ナショナル・トラスト）

- *SIT*：Judy Taylor, ed., 'So Shall I Tell You a Story…'：*Encounters with Beatrix Potter*. London：Frederick Warne, 1993.

- *TBP*：Margaret Lane, *The Tale of Beatrix Potter*. London：Frederick Warne, 1946（revised edition 1958）.

- *TCL*：Judy Taylor, ed., *The Choyce Letters*：*Beatrix Potter to Louise Choyce 1916-43*. London：The Beatrix Potter Society, 1994.

- *TMH*：John Heelis, *The Tale of Mrs. William Heelis—Beatrix Potter*. Stroud, UK：Sutton Publishing, 1999.

- **V&A**：Victoria and Albert Museum（ヴィクトリア＆アルバート美術館），London.

- *VN*：Eileen Jay, Mary Noble, Anne Stevenson Hobbs, *A Victorian Naturalist*：*Beatrix Potter's Drawings from the Armitt Collection*. London：Frederick Warne, 1992.［邦訳 ビアトリクス・ポター絵／アイリーン・ジェイ、メアリー・ノーブル、アン・スチーブンソン・ホッブス文『ピーターラビットの野帳』塩野米松訳、福音館書店、1999］

■原注

第Ⅰ部　園芸家としての人生

序／1. 発芽期

1) "The Flowers Love", *HWBP*, p312.
2) ボルトン・ガーデンズ2番地のヒヤシンスについては、ノエル・ムーア宛の手紙に記載されている。*LTC*, p38.
3) *Journal*, p16.
4) ビアトリクスは子どものころ、王立園芸協会の庭園をよく訪れていたが、大人になってからも、園内で開催された次のような国際博覧会に出かけている。1883年の漁業博覧会、1884年の保健博覧会、1885年の発明品博覧会。また1884年に訪れたときのことは日記にも書いている。「バンド演奏は素敵だったけど、食事や健康に関する展示はほとんどがとても退屈でした」(*Journal*, p90)
5) *Letters*, p455.
6) *BP/Scot*, p27.
7) *BPA*, p213.
8) *Journal*, p85.
9) *Journal*, p85.
10) *Journal*, pp93–94.
11) 父ルパートからビアトリクスに宛てた未刊の手紙（1874年、ダルガイズ）。(V&A/LPC)
12) *Journal*, p444.
13) *Journal*, p445.
14) *Journal*, p446.
15) *Journal*, p84.

ロンドンについて

　園芸史におけるロンドンの広場や公園については、以下の2冊を参照のこと。Mireille Galinou による *London's Pride* (London：Anaya Books, 1990)、およびトッド・ロングスタッフ゠ゴーワン (Todd Longstaffe-Gowan) による *The London Square* (New Haven：Yale University Press, 2012)。
　ヴィクトリア朝の園芸全般については、Penelope Hobhouse による "The Eclectic 19th Century" in *The Story of Gardening* (London：DK, 2002)、および Jenny Uglow による *Little History of British Gardening* (London：Pimlico, 2005) を参照のこと。
　サウス・ケンジントンの王立園芸協会の庭園については、Royal Institute of British Architectures (RIBA) のウェブサイト (www.architecture.com.) 上に図版入りの記事が掲載されている。
　ビアトリクスがすごしたころのロンドンについては、次の2冊が参考になる。*The A to Z of Victorian London* (London Topographical Society, 1987) の図版13と21の地図、そして Peter Whitfield による *London：A Life in Maps* (London：The British Library, 2006)。サウス・ケンジントンの歴史については、資料の豊富な E. H. W. Sheppard 編の *Survey of London*, volumes 38 (South Kensington Museums Area), 1975. および 41 (Brompton), 1983. を参照されたい。そのほか Brit-

ish History Online のウェブサイトも参考になる。

　ビアトリクスが受けた教育、とくにビアトリクス自身が読んだ本や、内容について言及している文献としては、リンダ・リア（Linda Lear）の *Beatrix Potter：A Life in Nature*（*BPLN*）（邦訳『ビアトリクス・ポター：ピーターラビットと大自然への愛』黒川由美訳、ランダムハウス講談社、2007）がもっとも重要である。

カムフィールド・プレイスについて

　ビアトリクスは 1891 年ごろにカムフィールド・プレイスについて書簡体のエッセイを書いている（この屋敷の所有者で、ビアトリクスの祖母ジェシー・クロンプトン=ポターは、同年の 9 月に死去）。このエッセイは *The Journal of Beatrix Potter, 1881–1897*（*Journal*）, pp444-450 に所収されている。また『妖精のキャラバン』のなかの一章、"Springtime in Birds' Place" に、ビアトリクスの記憶に残るカムフィールド・プレイスの古い庭園のことが詳しく書かれている。*A History of the County of Hertford*, Volume 3, 1912, pp458-462 によると、「鳥の園 Birds' Place」とは 1833 年に倒壊した古い家のことだという。これらについては British History Online で検索可能である。現在の所有者たちは『妖精のキャラバン』に描かれているカムフィールド・プレイスの牧草地一帯がまさに「鳥の園」だったころの地図を持っている。

　ビアトリクスはカムフィールド・プレイスを「ケイパビリティ・ブラウン」が手がけたものだと日記に書いているが、これを裏付ける文書は他には見つかっていない。ブラウンの伝記作家たち——1975 年の Dorothy Stroud から 2011 年の Jane Brown にいたるまで——がまとめた、ケイパビリティ・ブラウン様式の作例のリストには、ハートフォードシャーの多くの地所が含まれているが、カムフィールド・プレイスは含まれていない。ただし、この屋敷の風景の特徴——ふたつの人造湖、抜群の眺望、人工洞穴、東屋、大規模な植林——はブラウン様式の定型的な特徴である。庭園はブラウン自身の設計ではないとしても、その影響を受けているのは確かである。

ダルガイズ・ハウスについて

　ダルガイズ・ハウスとその周辺についての詳細は、David C. Duncan の小論 "The Significance of Dalguise for Beatrix Potter"（*BPSS* XIに所収）、および Lynn McGeachie の *Beatrix Potter's Scotland*（*BP/Scot*）を参照のこと。

2. 分枝期

1) *Journal*, p83.
2) *Journal*, p109.
3) *Journal*, p21.
4) *BPSS* VII, Elizabeth Battrick による "Canon Rawnsley and the National Trust", p35.
5) *Journal*, p380.
6) *Journal*, p222.
7) *Journal*, p239.
8) *Journal*, p397.
9) *Journal*, p305.
10) *Journal*, p306.
11) *Journal*, p305.

12) *VN*, p66.
13) *Journal*, p421.
14) *Journal*, p425.
15) *VN*, p108.
16) *LTC*, p100.
17) ビアトリクスお手製の紙ばさみは、現在アーミット博物館＆図書館（AML）の貴重書のコレクションに収められている。

ビアトリクスの青春期

　ビアトリクスの青春期に関する主な情報源は、ビアトリクス自身の日記である。暗号で書かれたその日記は、レスリー・リンダー（Leslie Linder）の長年の努力によって判読され、すでにリンダーにより *The Journal of Beatrix Potter, 1881-1897* （*Journal*）というタイトルのもと、刊行されている。ビアトリクスはさまざまな分野に興味をもち、その日記には植物や庭、農場や風景のことなど、一年を通して見たあらゆることについて書いているが、それはすべて自分の庭を持つ前のことであった。

　ポター家がよく出かけた旅行や長期休暇については、ジュディ・テイラー（Judy Taylor）の小論 "The Potters on Holiday"（*BPSS* III, pp41-48）を参照のこと。また Anne Stevenson Hobbs と Joyce Irene Whalley がまとめたポター家の休暇の「行程表」と「滞在地リスト」は非常に貴重な資料である（*BP/V&A*, pp222-229）。

博物学について

　ビアトリクスが真菌類を育てたり、カタツムリやモウセンゴケやイソギンチャクを研究するようになるころには、英国思想学会では博物学は確立されていた。この分野で影響力のあった書籍は、Gilbert White の *Natural History of Selborne*（London：B. White & Son, 1789）である。Ann B. Shteir の *Cultivating Women, Cultivating Science*（Baltimore：Johns Hopkins University Press, 1996）は、1760～1860 年の植物学研究における女性の役割を詳細に研究調査した本で、「植物誌の男女同権主義（Flora Feministica）」と題されたエピローグはビアトリクス・ポターに捧げられている。また Lynn Barber の *The Heyday of Natural History*：*1820-1870*（London：Jonathan Cape, 1980）は、当時人気のあったこの分野を詳細に、しかも面白く解説した本である。さらに Anne Stevenson Hobbs の小論、"Flora and Fauna, Fungi and Fossils"（*BP/AW*, pp71-94）も参照されたい。

　細部にまでこだわった入念なビアトリクスの自然観察に、ユニテリアン派の教義がいかに影響をあたえたかについては、次の文献を参照のこと。リンダ・リア（Lind Lear）の著作（*BPLN*, pp41-42）［邦訳では p.91-92］。また、ビアトリクスが作品を描くにあたって、ジョン・E・サワビー（John E. Sowerby）の『英国の野花（*British Wild Flowers*）』（*BPLN*, p469）を参照していたことを明らかにしたのも、リアの綿密な研究調査である。この本は現在、日本の大東文化大学の「ビアトリクス・ポター資料館」に所蔵されている。

菌類（キノコ類）

　ビアトリクスが描いた菌類の絵はアーミット博物館＆図書館（AML）で見られるが、直接そこに行けない人は、ビアトリクスのエッセイに添えられている多分野にわたる挿絵や、*A Victorian Naturalist*（*VN*）に載っている複製品を見て楽しむのもいいだろう。ビアトリクスと、博物学者で郵便配達人のチャールズ・マッキントッシュとの興味深い関係は、パース＆キンロス市議会（Perth ＆

Kinross Council) 発行の小冊子、*A Fascinating Acquaintance* で取りあげられている。英国の菌類学者、W・P・K・フィンドリー (W. P. K. Findlay) 博士はビアトリクス・ポターの菌類の絵を挿絵として使用して、*Wayside and Woodland Fungi*（London：Frederick Warne, 1967）と題する本を出版している。ビアトリクスは自分が描いた菌類の絵が本になったことをきっと喜んだことだろう。リンネ協会のウェブサイト（www.linnean.org）には Roy Watling の論文 "Helen Beatrix Potter：Her Interest in Fungi"（*The Linnean*, January 2000）が掲載されている。ビアトリクスとキュー王立植物園やリンネ協会との交流については、リンダ・リアの著作（*BPLN*）の第 5 章「発見」を参照のこと。

3. 開花期

1) *Journal*, p435.
2) *Journal*, p426.
3) *Journal*, p431.
4) *Journal*, p427.
5) *LTC*, p21.
6) *BP/LC*, p114.
7) *Journal*, p307.
8) *Journal*, p327.
9) *Letters*, p422.
10) *Journal*, p363.
11) *BP/AW*, p104.
12) *Letters*, p55.
13) *ASC*, p95.
14) *Letters*, p96.
15) *Letters*, p66.
16) *Letters*, p91.
17) *Letters*, p121.
18) *Letters*, p139.
19) *Letters*, p132.
20) *Letters*, p125.
21) *Journal*, p387.

絵手紙

ジュディ・テイラー（Judy Taylor）編、*Letters to Children From Beatrix Potter*（*LTC*）は、ビアトリクスが幼い文通相手と交わした絵手紙集で、ビアトリクスの人生をのぞくまさに魅惑的な窓である。ビアトリクスは絵手紙の多くを本のかたちにしている。じつにきめ細かい研究にもとづくレスリー・リンダー（Leslie Linder）の *A History of the Writings of Beatrix Potter*（*HWBP*）は、ビアトリクスの作品について詳細に論じられてきた事柄を伝えている。リンダ・リア（Linda Lear）やその他の研究者たちは『ピーターラビットのおはなし』に登場するマグレガーさんは、チャーリー・マッキントッシュを模した人物だという。これについては、リンダ・リアの *BPLN*, p86 を参照のこと。

ビアトリクスが休暇を過ごした庭

ポター家が長期休暇を過ごした別荘地の庭園で当時の姿をとどめているものはほとんどないが、庭園そのものは当時の絵や写真に残されている。コウツェンコレクション（プリンストン大学のコウツェン児童図書館蔵）の目録（*BP/LC*）と、ポター家のフォト・アルバムのファクシミリ（*Marseilles, Genoa & Pisa*：*a Beatrix Potter photograph album representing a pictorial biography*, Los Angeles：Cotsen Occasional Press, 1998）は、休暇中のポター家とその夏の庭について知るための一次資料ともいえるものである。

ヴィクトリア＆アルバート博物館（V&A）では、ビアトリクスの水彩画と本の挿絵に描かれている風景を照合して、どの水彩画がどの本に使われているかを特定した。これはウェブサイト上で公開されている（www.vam.ac.uk）。

4. 定着期

1) *MY*, p86.
2) *Letters*, p134.
3) *Letters*, p140.
4) *Letters*, p141.
5) *DIDJ*, p19. および *TCL*, p51.
6) 1906年の夏にビアトリクスはミリー宛ての手紙（未刊行）に、ヒルトップの母屋のオールドローズのことを書いている。
7) *Letters*, p142.
8) *Letters*, p142.
9) *Letters*, p143.
10) *Letters*, p143.
11) *Letters*, p146.
12) *Letters*, p149.
13) *Letters*, p146.
14) *Letters*, p148.
15) *Letters*, p450.
16) *Letters*, p148.
17) *Letters*, p146.
18) *Letters*, pp148-149.
19) *Letters*, p147.
20) *LTC*, p124.
21) *BPA*, p33.

ヒルトップ農場のビアトリクスの庭

ヒルトップの庭についての文献には、次のようなものがある。Peter Parker による記事 "The Gardens of Beatrix Potter"（*Hortus Revisited*, London：Frances Lincoln, 2010 に所収）。また Susan Denyer の *At Home with Beatrix Potter*（London：Frances Lincoln, 2000）には、ビアトリクスがまずはヒルトップ農場の庭、その後カースル・コテージの庭にいかに取り組んだかが詳細に書かれている。またアーミット博物館は、Elizabeth Battrick の解説付きの「庭師、ビアトリクス・ポター

(Beatrix Potter Gardner)」というパンフレット（2004年刊）を発行している。

　湖水地方の石塀の工法や伝承については、William Rollinson の *Life and Tradition in the Lake District* （Worthing, UK：Littlehampton Book Services, 1974）を参照のこと。

トーマス・モーソンとモーソン養樹園（モーソン・ブラザーズ社）

　ビアトリクスは、造園家のトーマス・モーソン（モーソン・ブラザーズ社を経営する、アイザックとロバート・モーソンの兄）がデザインした従姉のイーディス・ガッダムの庭からもらった植物については言及しているが、庭そのものについてふれた記述は見あたらない。ビアトリクスがよく訪れたウィンダミア湖畔のモーソン養樹園と、トーマス・モーソンが手掛けた庭については、Janet Waymark の *Thomas Mawson：Life, Gardens and Landscapes* （London：Frances Lincoln, 2009）に詳しく述べられている。この Waymark の著作は、それ以前に刊行されていた Elizabeth Kissack の *The Life of Thomas H. Mawson* （自費出版、UK：2006）、およびいまや古典となったモーソンの伝記、*The Art and Craft of Garden Making* （London：B. T. Batsford, 1901）をもとに、さらに書き加えたものである。

ガーデニングとアーツ・アンド・クラフツ

　ビアトリクス・ポターの時代にはアーツ・アンド・クラフツ様式が庭のデザインや園芸に浸透していた。それを理解するためには次のような文献が参考になる。1883年に初めて出版されたウィリアム・ロビンソン（William Robinson）の *The English Flower Garden*。ガートルード・ジーキル（Gertrude Jekyll）が1899〜1918年に出版したガーデニングに関する2巻本。さらにはロビンソンやジーキル、およびその仲間たちを徹底的に分析した Judith Tankard の *Gardens of the Arts and Crafts Movement：Reality and Imagination* （New York：Harry N. Abrams, 2004）を参照されたい。

5. 成熟期

1) *Letters*, p258.
2) *Letters*, p161.
3) *TBP*, p110.
4) 1911年12月11日付、ファニー・クーパー宛ての手紙（NT）, LPC.
5) *Journal*, p156.
6) *BPA*, p209.
7) ナショナル・トラスト財団がヒーリス家で働いていたハリーとエセル・バイヤーにインタビューした番組のなかで、ウィリアムがときどき菜園の管理を任されていたことが紹介されている（1991年1月17日付）。
8) Elizabeth Stevens は "A visit to Mrs. Tiggy-Winkle" という記事で、カースル・コテージの箱型の生垣のなかのバラや、その他の夏の花についてふれている。（*The Horn Book Magazine*, April 1958, pp131-136）.
9) *LTC*, p184.
10) *Letters*, p214.
11) ビアトリクスの母、ポター夫人が晩年を過ごしたリンデス・ハウ邸の庭については、母の死後ビアトリクスがリンデス・ハウ邸の庭師のために書いた推薦文のなかでわずかに取りあげられている。*Letters*, p357.

➤ 原注　*307*

12) ポター夫人が馬車でニア・ソーリー村へやってきたときのことは、ビアトリクスの姪のナンシー・ニコルソンが述べている。*TMH*, p119.
13) *TCL*, p11.
14) *TCL*, p11.
15) *TCL*, p17.
16) ビアトリクスは第一次大戦中に野生のジギタリスの葉を集めたことを手紙に書き記している。*BPA*, p109.
17) *TCL*, p17.

ビアトリクスとガーデニング

ジュディ・テイラー（Judy Taylor）編 *The Choyce Letters*（*TCL*）は、ルーイ・チョイスに宛てたビアトリクスの書簡集である。園芸を愛する女性が同じく園芸を愛する女性に宛てた、この書簡集は、園芸愛好家にはまさに贈り物である。また同様の文献としては、Christopher Lloyd と Beth Chatto の往復書簡集（*Dear Friend and Gardner*, London：Frances Lincoln, 1998）や、Nancy Goodwin と Allen Lacy の往復書簡集（*A Year in Our Gardens*, Chapel Hill：University of North Carolina Press, 2000）といった他の書簡集にも留意したい。ビアトリクスはとても気を使って手紙を書く女性で、話題を相手の興味に合わせていることがうかがえる。その手紙からビアトリクスとチョイスが、時には共同で、時には分担して、庭仕事をしていたことがよくわかる。また何通かの手紙から、ルーイ・チョイスが『セシリ・パセリのわらべうた』に登場するモルモットのために詩（韻文）を書いていたことがわかる。しかし晩年のビアトリクスは受けとった手紙のほとんどを破棄することにしていたので、残念ながらルーイ・チョイスからの書簡そのものは残っていない（*Letters*, p.449）。

6. 結実期

1) *Letters*, p336.
2) *Letters*, p336.
3) *TCL*, p44.
4) ビアトリクスは、リンゴでつくったゼリーやジャムなどの加工品をリストアップしている。*TCL*, p74.
5) 1929 年 6 月 22 日付、デイジー・ハモンド宛ての手紙（V&A）, LPC.
6) 1929 年 6 月 22 日付、デイジー・ハモンド宛ての手紙（V&A）, LPC.
7) *TMH*, p35.
8) *SIT*, p15.
9) *SIT*, p16.
10) *TCL*, p65.
11) *BPA*, p11.
12) *BPA*, p34.
13) *BPA*, p25.
14) *TCL*, p48.
15) *FF*, p79.
16) *BPA*, p14.

17) *BPA*, p14.

18) *Journal*, p319 の脚注を参照。

19) *Letters*, p396.

20) *Letters*, p396.

21) *Letters*, p396.

22) *Letters*, p228.

23) *Letters*, p398.

24) デルマー・バナーは、ビアトリクスがどんなに菜園を気にかけていたかを説明している。ナメクジに駄目にされたキャベツを引きぬくために、ビアトリクスは病床から起き出してきたという。*SIT*, p49.

25) *Letters*, p207.

26) ビアトリクスは亡くなる前年に、ジョセフ・モスクロップに宛てた手紙に、健康には庭の草取りがいちばんいい、と書いている。*FF*, p80.

27) *BPA*, p123.

28) *BPA*, p95.

29) *TCL*, p76.

ビアトリクスと農場の仕事

ビアトリクスがどのように牧羊業を行っていたかについては、下記の文献を参照されたい。ビアトリクス・ポター著、ジュディ・テイラー（Judy Taylor）編の *Beatrix Potter's Farming Friendship* (*FF*)。これはビアトリクスにとっての牧羊の師ジョセフ・モスクロップに宛てた、ビアトリクスの何通かの書簡をまとめたもの。また本書には、Christopher Hanson-Smith による評論 "The Fell Farmer's Year"（London：BPS, 1998）も所収されている。

ウィリアム・ヒーリスの甥のジョン・ヒーリス（John Heelis）著 *The Tale of Mrs. William Heelis* (*TMH*) では、「農婦のヒーリス夫人（Ms. Heelis, Farmer）」と題された章で、農作業をするビアトリクスのことが取りあげられている。

第II部　ビアトリクスの庭の一年

序／冬

1) *BPA*, p166.

2) *BPA*, p151.

3) *TCL*, p39.

4) H. Rider Haggard, *A Farmer's Year*（London：Longmans, Green & Co., 1899），p81.

5) *LTC*, p188.

6) エスウェイト湖の凍結についてふれた文学作品のひとつに、ワーズワスの「プレリュード（The Prelude）」がある。ワーズワスは子どものころに、この湖でスケートをしたことがあり、その思い出を詩的に描いている。

7) *BPA*, p64.

8) *BPA*, p18.

9) *BPSS* IX, "Keeping the Pieces Together : The Beatrix Potter Jigsaw in the United Kingdom" by Judy Taylor, p26.

10) ビアトリクスは、子ネコ（*LTC*, p131）あるいは子ども（*BPLN*, p414）を指して「ピックル pickle」という語を使うことがあった。

11) *BPA*, p56.

12) *BPA*, p83.

13) *BPA*, p151.

14) *TCL*, p31.

春

1) *FF*, p57.

2) *FF*, p64.

3) *TCL*, p35.

4) *DIDJ*, p116.

5) *LTC*, p185.

6) *BPA*, p20.

7) *TBP*, p103.

8) *DIDJ*, p58.

9) *TCL*, p13

10) *TCL*, p50.

11) *TCL*, p51.

12) *TCL*, p49.

13) *LTC*, p201.

14) *DIDJ*, p31.

15) *TCL*, p49.

16) *DIDJ*, p48.

17) マリアン・ペリーからの手紙（日付不詳）。フィラデルフィア公共図書館（FLP）の貴重書コーナー蔵。

18) *LTC*, p176.

19) *TCL*, p26.

20) *Letters*, p312.

21) *BPA*, p35.

22) 1910 年 6 月 11 日付、ミリー・ウォーン宛ての手紙。FWA.

23) *BPA*, p20.

夏

1) *BPA*, p4.

2) *LTC*, p192.

3) イーディス・ガッダムからもらった植物が庭づくりにどんなに役立っているかについては、何通かの手紙に記載されている。*Letters*, p149.
4) *TCL*, p71-72.
5) *Letters*, p450.
6) *HWBP*, p312.
7) *DIDJ*, p13.
8) *HWBP*, p312.
9) *Letters*, p146.
10) ビアトリクスの姪のナンシーは、湖で伯母といっしょにスイレンを植えたことを記憶している。*TMH*, p115.
11) *TCL*, p44.
12) *TCL*, p24.
13) ビアトリクスは多くの手紙に干し草づくりのことを書いている。*Letters*, p392.
14) *TCL*, p20.
15) *BPA*, p38.
16) トプシーは『アンクルトムの小屋』に登場する象のこと。ビアトリクスは子どものころから『アンクルトムの小屋』を知っていて、1939年にも読みかえしている。*Letters*, p400. および *DIDJ*, p77.
17) *TCL*, p62.
18) *TCL*, p61.
19) *TCL*, p62.
20) ヒルトップ農場の隣で育ったウィロー・テイラーは、「果樹園からリンゴを盗んだ」ことについて、自著のなかで述べている。*Through the Pages of My Life* (London：BPS, 2000), p31.
21) *LTC*, p128.
22) *Journal*, p433.

秋

1) *BPA*, p38.
2) *Letters*, p149.
3) *TCL*, p67.
4) *Letters*, p297.
5) *BPLN*, p230, p500.
6) *BPA*, p207.
7) *BPA*, p38.
8) *Journal*, p436.
9) 叔父のハリー・ロスコウの別荘、ウッドコートの庭についてはロスコウの自伝 *The Life & Experiences of Sir Henry Enfield Roscoe* (London：Macmillan, 1906) の随所に描かれている。
10) *TCL*, p47.
11) 1911年1月5日付、ファニー・クーパー宛ての手紙、LPC.
12) 1909年9月16日付、ミリー・ウォーン宛ての手紙、FWA.
13) 1936年9月10日付、チャーリー・クーパー宛ての手紙、NT.

14) *LTC*, p156.

15) 庭で採った種の保存についての言及は、*LTC*, p156 と *BPA*, p158、および Ulla Hyde Parker 著の回想記 *Cousin Beatie*（London：Frederick Warne, 1981）, p13. などを参照されたい。

16) *BPA*, p158.

17) *TMH*, p125.

18) *BPA*, p62.

19) ビアトリクスはクリスマスツリーとしてヒイラギを販売することについて、手紙のなかでふれている。*DIDJ*, p53.

20) *LTC*, p189.

第Ⅲ部　ビアトリクスの庭を訪ねて

1) *LTC*, p125.

2) *BPSN*, 47, p8.

3) *BPSS* IV, p36 および Elizabeth Battrick による論文 "Mrs. Heelis Settles In" より。

4) *Journal*, p391.

5) *BPA*, p171.

6) *Letters*, p304.

7) *Letters*, p290.

ビアトリクスとともに出かける机上の旅、実際の旅

　湖水地方の観光案内書は数々あるが、ビアトリクス・ポターゆかりの地を訪れるには、Norman & June Buckley 著、*Walking with Beatrix Potter*（London：Frances Lincoln, 2007）がベスト。ビアトリクス・ポター協会は、ニア・ソーリー村の素晴らしいイラストと注釈付の地図を用意しており（London：BPS, 1999）、これは協会のウェブサイトでも入手が可能である（www.beatrixpottersociety,org.uk.）。

　ナショナル・トラストが記念本として出版した、ジュディ・テイラー（Judy Taylor）の *Beatrix Potter and Hill Top*（1997）には、ビアトリクスが湖水地方で取得した最初の資産、ヒルトップ農場の概要が要領よくまとめられている。また Gilly Cameron Cooper の *Beatrix Potter's Lake District*（London：Frederick Warne, 2007）は、有益な情報が得られるだけでなく、写真が豊富でその質も高い。Sue Tasker の *A Year in a Lake District Garden*（Ammanford, UK：Sigma, Leisure, 2001）には、ガッダム家の元邸宅、ブロックホール邸で行なわれているガーデニングの見どころと、どのようにしてガーデニングに取り組んできたかについて概説されている。また、湖水地方園芸協会が出している小冊子 *Guide to Holehird Gardens*（Fred Dunning 編）がある。そして、筆者のおすすめは、アラン・ド・ボトン（Alain de Botton）の旅行記、*The Art of Travel*（London：Hamish Hamilton, 2002（邦訳『旅する哲学：大人のための旅行術』安引 宏訳、集英社、2004）。本書には、湖水地方の選りすぐりの場所が紹介されている。ビアトリクス・ポターの優しくて活動的な一面を描いた Susan Wittig Albert の *The Cottage Tales of Beatrix Potter*（New York：Berkeley Publishing Group, 2004-2011）も参照されたい。

謝　辞

「ありがとう」だけでは意を尽くせるとは思えませんが、本書の制作・刊行にあたり、ご協力いただいた方々に心からお礼を申し上げます。

わたしの姪でエージェントの Jenny Bento、最初から本書の価値を信じてくださったティンバー・プレス社の編集長 Tom Fischer。リンダ・リア（Linda Lear）とジュディ・テイラー・ヒュー（Judy Taylor Hough）は苦境を救ってくれる妖精のような存在でした。貴重な研究資料を提供してくださったうえ、わたしの下書きを読み、事実を指摘してくださいました。そしてビアトリクス・ポター研究の世界では新参者のわたしに、温かい助言と励ましの言葉をかけてくださいました。友人の Susan Castellan、Jane Davenport、Cathy Messmer、Gail Reuben、Sandra Swan、Pamela Zave は時間を惜しまず協力してくれました。

ソラマメの花の蕾
（ペンとインクと水彩、1903 年）

友人たちの貴重な提言は原稿にいかされています。編集者の Mollie Firestone はわたしの拙い原稿を本のかたちに仕上げてくださいました。

　画家でもある友人の Yolanda Fundora は、本書のために素晴らしい地図を描いてくれました。また Pamela Zave と一緒に、写真を選ぶ手助けもしてくれました。Dayve Ward はちょっと会っただけの、しかも海の向こうの依頼者のために、ビアトリクスの庭の美しい写真を撮ってくださいました。ボウネスにある「ビアトリクス・ポターの魅惑の世界」のピーターラビットの庭の設計者 Richard Lucas は、この庭の写真を提供してくださいました。大東文化大学の河野芳英教授は、わたしと夫を「大東文化大学　ビアトリクス・ポター資料館」に車で連れて行ってくださったばかりか、一日われわれの調査に付き

合ってくださいました。Betsy Bray、Kathy Cole、Rowena Godfrey、Libby Joy、Jacqueline Mock をはじめとする「ビアトリクス・ポター協会」の会員の方々からは資料の提供や、質問にお答えいただいたりしました。Ian McCorquodale は、ビアトリクスが子どものころ滞在したカムフィールド・プレイスにわたしを迎え入れ、ポター家が滞在していた当時の話を聞かせてくださいました。

　ビアトリクスにまつわる資料の保管にあたっている、次の専門家たちにも大変お世話になりました──プリンストン大学コウツェン児童図書館の Andrea Immel と Aaron Pickett、モーガン図書館＆博物館の閲覧室の Inge Dupont と Maria Isabel Molestina、コネティカット・カレッジのリンダ・リアセンター(特別コレクション＆アーカイブス)の Ben Panciera、アーミット博物館＆図書館の Deborah Walsh、アンブルサイド図書館の Jane Renouf、ナショナル・トラストの Liz Hunter-MacFarlane と Jacquelyn Crofts。それから、フレデリック・ウォーン社の Nicola Saunders と Jennifer Greenway には、ビアトリクスの作品掲載についての許諾交渉にご協力いただきました。

　さらに、ナショナル・トラストに所属するヒルトップ農場の管理人 Catharine Pritchard には、ビアトリクス・ポター所有の書籍やカタログについての情報、またヒルトップ農場の庭を再現した室内の装飾物に関する詳細な情報をいただきました。ヒルトップ農場の庭師の Peter Tasker には、庭や植物についての質問にたいして実に的確なお答えをいただいたうえ、霧雨の降る10月のある朝には、この庭の細長い花壇の多年生植物を刈りこむ手伝いまでさせていただきました。ニューヨーク植物園の専門家たちには、ビアトリクスの父ルパートが撮った幼い娘の庭の写真に写る植物を、ユキノシタだと特定していただきました。The Garden Club of America の記録係の Edie Loening、チャタム図書館の司書さんには、マリアン・ペリーに関する記事を探し出していただきました。

　最後に、本書の出版に至るまで、そして海を渡ってはるか彼方のヒルトップ農場に行くことになったときも、わたしに寄り添って支えてくれた Kirke Bent に変わらぬ愛を！

マルタ・マクドウェル

訳者あとがき

　本書は「ピーターラビット」シリーズの生みの親、ビアトリクス・ポターの生涯を、いまもイギリスの湖水地方に残る家や庭を通して描いた作品で、2014 年にアメリカの園芸作家協会（Garden Writers Association）の金賞を受賞しています。

　私が初めてピーターラビットに出会ったのは、ウェッジウッド製のお皿の上ででした。もう何十年も前のこと、デパートで食器を探していたとき、ふと目が合ったのが、木戸の下から畑へ入りこもうとして、あたりの様子を伺っているウサギのピーターでした。そのなんともいえない愛くるしい姿。また、真っ赤なラディッシュを左手に持ってほおばりながら右手にももう一本持ち、得意げな顔をしているピーターの姿もありました。予算をかなりオーバーしたものの、迷わず一揃い買ってしまいました。そのとき、こんな絵を描ける人って、どんな人生を送ってきたのだろうと思ったのを、いまもはっきり覚えています。以来、私は作者のビアトリクス・ポターにも目を向けはじめました。

　学生時代、ウィリアム・ワーズワスやジョン・バイロン、ジョン・キーツやサミュエル・テイラー・コールリッジなど、いわゆる 19 世紀英国ロマン派詩人の作品を読みあさり、卒論・修論でもこれらの作家を多く扱ってきた関係で、もともと 19〜20 世紀のイギリス文学に関心を持っていましたが、児童文学にはさほど惹かれていませんでした。ところがいまは、児童文学はもちろん、どんな作家についても、その子ども時代に最も興味をそそられます。ビアトリクスについても例外ではありません。それどころか、ビアトリクスの伝記や日記や手紙などを読むにつれ、くっきりと一本筋の通った生き方にますます惹かれるようになったのです。

　ビアトリクスの伝記は、日本でも何冊も出版されています。人の一生を語るとき、どんな視点でたどるかによって、人物像にはかなり違った側面が見えてくるものです。本書は、絵本作家としてのみならず、画家、園芸家、農場経営者、自然保護活動家として多方面で活躍したビアトリクスを、自身も園芸家であり、物書きでもあるマルタ・マクドウェル（Marta McDowell）が、いまもビアトリクスの精神を脈々と受けついで生きつづけている家と庭を通して見つめた作品です。

　「ピーターラビット」シリーズに登場するのは、ほとんどすべてビアトリクスが幼いころから、身近な環境のなかでじかに接してきた動物たちです。またその背景に描かれているのも、

315

ビアトリクスが暮らした家や庭や、そこで生育する植物です。

　本書の第Ⅰ部はビアトリクスのいわば伝記で、その生涯が植物の生長になぞらえられ、「発芽期」「分枝期」「開花期」「定着期」「成熟期」「結実期」の 6 つに章立てて描かれています。またビアトリクスの成長をたどると同時に、本人が身近に接してきた動物がどこにどう関わって作品が誕生したか、また、その創作過程、さらに作品に凝縮された作者ビアトリクスの思いがじつに細やかに描かれています。「ピーターラビット」シリーズが、ビアトリクスが暮らした自然環境とこんなにも密接につながっていたとは、改めて驚かされます。著者も本文中で奨めているように、「ピーターラビット」シリーズを手元において、本書をお読みいただけると、ビアトリクスのこうした心情がよく読みとれて、一段と味わい深いものになると思います。

　第Ⅱ部では、園芸家、造園家としてのビアトリクスに焦点があてられています。婚約者で、「ピーターラビット」シリーズの版元の編集者であったノーマン・ウォーンの死後、ロンドンから移り住んだイングランド北部のニア・ソーリー村のヒルトップ農場やカースル・コテージの庭を舞台に、四季それぞれに生長する植物をビアトリクスがじっくり観察し、その習性を丹念に研究し、まるでわが子を育てるように植物に寄り添う様子が、ビアトリクスの描いた多くの作品とともに紹介されています。

　第Ⅲ部は、ポターゆかりの地をたどる旅をしてみたいと思う人には、とても便利なガイドとなることでしょう。ビアトリクスが生まれ育ったロンドンの家や休暇中に訪れた別荘、また後年暮らした湖水地方、とくにヒルトップ農場やカースル・コテージはもちろんのこと、映画『ミス・ポター』のロケ地に使われたユー・ツリー・ファームなどがビアトリクスが過ごした当時の姿と現在の姿をまじえて紹介されます。さらに今日宿泊施設として利用できる当時からの建物や、ビアトリクスの資料が展示されている施設などの情報も充実しています。

　今年 (2016 年) はビアトリクス・ポター生誕 150 周年を記念して、「ピーターラビット」シリーズの原

ペラルゴニウム（ナツザキテンジクアオイ）
（水彩、1886 年、カムフィールド・プレイスにて）

画を展示した「ピーターラビット展」が日本各地で開催されていますが、じつは日本でもふだんからビアトリクスの庭を身近に体験できる場所があります。埼玉県東松山市の「埼玉県こども動物自然公園」内にある「大東文化大学 ビアトリクス・ポター資料館」ですが、ここには、ビアトリクスが暮らした「ヒルトップ農場」のコテージや庭が現物さながらに再現されています。館内には、ビアトリクスが自費出版した『ピーターラビットのおはなし』の私家版や、フレデリック・ウォーン社から出版された「ピーターラビット」シリーズ24冊すべての初版本、そのほか挿絵のもととなった原画や直筆の手紙など、貴重な資料が数多く展示されています。

森の植物と枯れ葉のあいだから顔をだすキノコ（水彩、日付なし）

　本書を訳すにあたっては、植物名や植物の専門用語に関して牧野植物園同好会会長、宇都宮大学名誉教授の谷本丈夫先生にお力添えをいただきました。谷本先生は専門家のお立場から、主に植物名の表などをご校閲くださいました。猛暑のなか、折角の休養期間を返上して丁寧に訳稿を見てくださいました。また本文に関しても、難解な用語を分かりやすくご説明いただき、本当に助かりました。心から感謝申しあげます。

　ビアトリクスは弟子のデルマー・バナーという画家に、あるときこんな手紙を書いています。〈……どんな樹木も、あるべき所にあるべき姿であれば美しいのです。たいていは見過ごされてしまいますが、樹木は生長の過程が素晴らしいのです〉（本文151pより）。この言葉はまさに、ビアトリクスが自分自身について語ったものではないかと思われます。

　イングランド北部の風光明媚な湖水地方に居を構え、そこで本来自分のあるべき姿で最後まで生き、その成長の過程の素晴らしさを後世のわたしたちに印象づけた人物、それこそがビアトリクス・ポターだと思います。ビアトリクス・ポターが丹精こめてつくりあげた庭で、ひとりでも多くの方がピーターラビットとともに楽しく過ごしていただけたら幸いです。

宮木 陽子

索引

あ

アイリス（アヤメ） 98, 193, 195
　ジャーマン・アイリス 192
アオキ 16
アカスグリ 15, 42, 76, 113, 174, 200, 223
アカマツ 151
アザミ 225, 227
アザレア（セイヨウツツジ） 15, 91, 117, 134, 150, 180, 208
アスター 233
『あひるのジマイマのおはなし』 99-101, 261
アーミット博物館＆図書館 270
アンズ 76

い

イーズ・ワイク 53, 267
イチゴ 45, 113, 183, 185, 223, 277
イチジク 110
イラクサ 247
インゲンマメ（サヤインゲン） 04, 167

う

ウォーン
　ノーマン・── 68, 71, 72, 74, 75, 78
　ハロルド・── 68, 69, 75, 104, 118
　フルーイング・── 68, 69
　ミリー（アメーリア）・── 69, 74, 82, 87, 91, 92, 94, 97, 108, 191, 208, 229, 240
ウッドアネモネ（ヤブイチゲ） 235

え

エスウェイト湖 81, 144, 211, 226, 266
エゾノミズタマソウ 122
エニシダ 117, 167
エンドウマメ 119, 174, 263, 277

お

オーウェン、レベッカ 133, 268

オウバイ（ウィンター・ジャスミン） 160
王立園芸協会 19, 22, 252
オオエゾデンダ 90
オカトラノオ（黄） 217, 218, 238, 266
オーク 67, 150
オースティン、ジェイン 8, 72
オダマキ 122, 182-184
オトギリソウ 6, 206, 207

か

カエデ 150
カースル・コテージ 111, 122, 138, 139, 148, 228, 264, 265
カーター、アニー → ムーア、アニー
ガッダム、イーディス 51, 84, 234, 270
カートランド、バーバラ 254
カーネーション（オランダナデシコ） 68, 199-201
　カーネーション（「ピンク」） 118, 119, 199
カバノキ 67, 224
カブ 54, 175
カムフィールド・プレイス 30, 31, 34, 36, 254
カラマツ 224
カラマツソウ 152
カリフォルニアライラック 134
『カルアシ・ティミーのおはなし』 255

き

キク 15
ギシギシ 217, 218
『きつねどんのおはなし』 187
キノコ 47, 49-54, 211-213
キバナセツブンソウ 158, 159
キバナノクリンザクラ 191
キバナノクリンソウ 240
キバナムギナデシコ 244
ギャスケル、ウィリアム 28
キャノン、ジョン 82, 97
キャベツ 66, 136, 172, 243
キュウリ 65
キュー王立植物園 50, 51
キンギョソウ 83, 98
キンレンカ 65

く

グウェニノグ邸　　75, 76, 84, 86, 106
クサボケ　　58
クジャクサボテン　　125, 129
グーズベリー　　15, 42, 64, 174, 200, 222, 223
クーパー, チャーリー　　241
クラーク, キャロライン　　120, 134
クラブアップル（野生のリンゴ）　　67, 121, 222
クーリエ農場　　121
クーリッジ　　126, 128
　　ヘンリー・P・──　　128
クリンザクラ　　44
クレマチス　　6, 134, 137, 190, 191, 263
クロイチゴ　→　ブラックベリー
『グロースターの仕たて屋』　　67, 185
クロッカス　　158
　　イトバサフラン・──　　159

け

ケイパビリティ・ブラウン（ブラウン, ランスロット）　　32, 34, 226
ゲッケイジュ　　16, 167
ケンジントン公園　　22, 252

こ

ゴウダソウ　　92, 182
湖水地方園芸協会　　272
『こねこのトムのおはなし』　　96-99, 195
『こぶたのピグリン・ブランドのおはなし』　　113, 114, 266
『こぶたのロビンソンのおはなし』　　164, 169

さ

サクラ　　67
サクラソウ（プリムローズ）　　71, 130, 164, 180
　　イングリッシュ・プリムローズ　　165
　　クリンザクラ　　180
サクランボ　　63
サタースウェイト, ハリエット　　88, 92
サタースウェイト, フレッド　　88, 263
サワビー, ジョン・E・──　　44, 45
サンザシ　　166, 246, 247, 266

し

ジェラード, ジョン　　106, 216
『ジェレミー・フィッシャーどんのおはなし』
　　75, 76, 266
シオン（ミカエルマス・デイジー）　　233, 277
ジギタリス（キツネノテブクロ）　　100, 117, 125, 182, 187, 190, 191
ジーキル, ガートルード　　8, 85
シダ　　44, 97, 228, 229, 270
シナマンサク　　160, 161
シモツケソウ　　28, 200, 208
ジャガイモ　　87, 136, 172, 174, 223, 263
シャクヤク（ボタン）　　98, 192, 194, 195
シュウメイギク　　74, 233-235
『「ジンジャーとピクルズや」のおはなし』　　79, 108

す

スイカズラ　　122, 150, 167
スイセン　　162, 167, 168, 171, 236
　　ラッパスイセン　　15, 121, 132, 168, 186
スイートピー　　167, 208
スイレン　　75, 212, 215, 267
ストック　　208
ストーリー, トム　　130, 131, 136
スノードロップ（マツユキソウ）　　15, 27, 120, 135, 154-158, 208, 247, 277
スミレ　　184

せ

セイヨウノコギリソウ　　227
セージ　　101, 113, 196, 277
ゼラニウム　　65, 105, 224
セロリ　　246

た

タイム　　101
ダーウィン　　46, 120
ダーウェント湖　　67
タチアオイ　　107, 208
タマネギ　　66, 68, 101, 243
ダムソンプラム　　186, 218, 219, 223, 260

ダリア　236, 237
ダルガイズ・ハウス　27, 28, 34, 36, 254
タワー・バンク・アームズ　78, 79, 84, 260-262
ダンカン，アンドリュー　106
タンポポ　217, 218, 227

ち

地図
　ニア・ソーリー村と周辺地域　80
　ビアトリクスが過ごしていた当時の湖水地方　38
　ビアトリクスが住んでいた当時のロンドン　18
　ビアトリクスゆかりの地　250
チューリップ　162, 186, 193, 236
チョイス，エレノア・ルイーズ（愛称「ルーイ」）
　　115, 125, 126, 131, 136, 174, 186, 212, 238

つ

ツゲノキ　135, 148
ツツジ　31, 58, 92, 99, 180, 213

て

デイヴィッド，マデリン　30
『ティギーおばさんのおはなし』　71
ディキンソン，エミリー　8
デイジー　167, 205
テイラー，ジュディ　299
デューク，ジョーン　266, 267

と

トネリコ　150
トラウトベック・パーク農場　130, 226, 272

な

ナショナル・トラスト　42, 133, 138, 226, 264,
　　265, 268-270, 275
ナデシコ（オランダナデシコ）　→　カーネーション
ナナカマド　223
ナンシー（ビアトリクスの姪）　212, 267

に

ニア・ソーリー村　78, 108, 257
ニオイアラセイトウ　44

『2ひきのわるいねずみのおはなし』　69
ニワトコ　223
ニンジン　64

の

農産物品評会　232
『のねずみチュウチュウおくさんのおはなし』
　　194

は

バイカウツギ　92, 206
『パイがふたつあったおはなし』　79, 261
パースミュージアム＆アート・ギャラリー　257
パセリ　65, 101
バックル・イート・コテージ　79, 81, 261
ハードウィック種（羊）　130, 131, 170, 215
バートン伯父　75, 105
バーナム・アーツ＆コンファレンス・センター
　　256
ハマカンザシ　44
ハモンド，マーガレット（デイジー）　122
バラ　15, 113, 119, 120, 153-155, 167, 203-
　　206, 233, 235, 236, 263
　コケバラ（モスローズ）　205, 277
　セイヨウバラ　6, 204
　ツルバラ　98, 102, 103, 191
ハリエニシダ　54
パンジー（三色スミレ）　88, 112, 113, 119, 184,
　　185, 277
バンダイソウ　6, 200

ひ

ビアトリクス・ポター・ギャラリー　268
「ビアトリクス・ポターの魅惑の世界」　256, 275
ヒイラギ　247
『ひげのサムエルのおはなし』（初版の題は『ローリー
　　ポーリー・プディング』）　102, 103
ヒース　54, 212, 213
『ピーターラビットのおはなし』　59, 62-64, 66,
　　67, 275, 276
『ピーターラビットの暦 1929 年版』　9, 157,
　　170, 245

ヒャクニチソウ　208
ヒヤシンス　16
ヒーリス，ウィリアム（ウィリー）　108, 109,
　　　　113, 114, 136, 138, 194, 265, 268
ヒルトップ農場　14, 78, 84-89, 104, 111, 112,
　　　　147, 148, 257, 263

ふ

フィンドリー，W・P・K　52
フォー・パーク邸　67, 68, 199
フクシア　92
フジ　6, 108, 188, 189, 191
ブナノキ　67, 150, 227
ブラックベリー（クロイチゴ）　45, 59, 222, 247,
　　　　266
ブルーベル（イングリッシュ・ブルーベル）　187,
　　　　190
プルーン　15, 174, 186, 260
フレデリック・ウォーン社　59, 64, 66, 68, 124,
　　　　164
フロックス（クサキョウチクトウ）　113, 215,
　　　　218, 238, 277
ブロックホール邸　84, 270
『フロプシーのこどもたち』　76, 105, 107

へ

ペポカボチャ　223
ペリー，マリアン　126, 132, 135, 176, 213,
　　　　216
ベル・グリーン　79, 88, 97, 261
ベルマウント・ホール邸　133, 268, 269
『ベンジャミン バニーのおはなし』　67, 71, 72
ヘンリー・P　→　クーリッジ
ヘンリー叔父　→　ロスコウ，ヘンリー

ほ

ホウセンカ　54
ボケ　6, 120, 171
ポケット公園　16, 251
ホーソーン，ナサニエル　8
ポター
　エドマンド・――（ビアトリクスの祖父）　30-

32
　ジェシー・プロンプトン＝――（ビアトリクスの
　　祖母）　30, 44
　バートラム・――（ビアトリクスの弟）　19, 22,
　　　　29, 35, 45, 54, 58, 109, 119, 211, 252,
　　　　254, 272
　ヘレン・リーチ＝――（ビアトリクスの母，ポター
　　夫人）　16, 26, 115, 277
　ルパート・――（ビアトリクスの父）　16, 24,
　　　　31, 36, 40, 46, 58, 72, 109, 211
ホタルブクロ（ツリガネソウ）　113, 208, 210,
　　　　238, 277
ポピー（ケシ）　208, 211
ボルトン・ガーデンズ　16, 110, 251-253
ホールハード邸　271-273
ボング樹　171

ま

『まちねずみジョニーのおはなし』　118, 119,
　　　　171, 211
マッキントッシュ，チャールズ（チャーリー）
　　　　46-48, 257
マッケイ，アレクサンダー　126
マッケンジー（ビアトリクスの乳母）　19, 22
マリーゴールド　105
マルメロ　125

み

ミカエルマス・デイジー（シオン）　234
『ミス・ポター』（映画）　10, 270
ミルズ，セシリー　122, 192, 236
ミレイ，ジョン・エヴァレット　23, 251
ミント（はっか）　101

む

ムーア（旧姓カーター），アニー　22, 57, 58
ムーア，アン・キャロル　124, 125, 143
ムーア，ノエル　58
ムラサキナズナ　91

も

モウセンゴケ　45

モクセイソウ　208
モス・エクルス湖　211, 214
モーソン, トーマス　84, 92, 272
モーソン養樹園（モーソン・ブラザーズ社）　92, 93, 108
モリス, ウィリアム　85

や
ヤチヤナギ　45
ヤナギ　44
ヤマブキショウマ　152

ゆ
ユー・ツリー・ファーム　270
ユキノシタ　91, 180, 182-184, 218
ユリ　92, 208, 209

よ
ヨウシュイボタノキ　200
『妖精のキャラバン』　33, 128, 132, 171, 187, 211, 242, 245, 262
ヨウナシ　15, 42, 68, 219, 260

ら
ライラック　6, 15, 117, 152, 179
ラズベリー　223
ラディッシュ　64
ラベンダー　68, 96, 117, 198, 199

り
リア, リンダ　10, 299

『りすのナトキンのおはなし』　66, 211
リングホーム邸　64, 91
リンゴ　15, 76, 94, 121, 125, 185, 202, 204, 219, 222, 244-246, 260
リンデス・ハウ邸　115, 217, 276
リンドウ　6, 121
リンネ協会　50

る
ルーイ　→　チョイス, エレノア・ルイーズ
ルバーブ　99, 100, 120, 177, 178, 263

れ
レイ・カースル邸　39, 40, 269
レイクフィールド邸　→　イーズ・ワイク
レタス　64, 106, 107, 246
レバノンスギ　33
レモンバーム　266

ろ
ロウバイ　134
ロスコウ, ヘンリー（ビアトリクスの叔父）　50, 54, 238
ローズマリー　6, 196, 197, 199
ロビンソン, ウィリアム　85
ロングスタッフ＝ゴーワン, トッド　253
ローンズリー, ハードウィック　40-42, 59, 133

わ
ワスレナグサ　75, 182
ワーズワース, ウィリアム　8, 132, 167, 168

図版クレジット

　ビアトリクス・ポターの作品の著作権は、すべてフレデリック・ウォーン・アンド・カンパニー・リミテッド（フレデリック・ウォーン社）に帰属する。本書の図版のうち、以下にあげるもの以外はフレデリック・ウォーン社の許諾のもと掲載している。

pp2, 17, 29：courtesy of The Beatrix Potter Society.

pp9, 30, 37, 40, 58, 69, 95, 110, 138, 139, 173, 316：Cotsen Children's Library, Department of Rare Books and Special Collections, Princeton University Library.

pp18, 38, 80, 85, 250：Yolanda Foundora.

pp20-21, 23：reproduced by permission of English Heritage, National Monuments Record.

pp24, 45, 51, 93：from the author's collection.

pp36, 44, 46, 56, 73, 121, 131, 132, 135, 197：used by permission of the Rare Book Deparment, Free Library of Philadelphia.

pp48, 49：courtesy of Perth Museum & Art Gallery, Perth & Kinross Council.

pp52, 57, 84, 88, 109, 128, 179, 181, 194, 203, 207, 220-221, 240, 244, 317：ⒸNational Trust.

pp60-61：The Pierpont Morgan Library, New York. MA2009.1. Gift of Colonel David McC. McKell, 1959.

pp74, 116, 216：courtesy of a private collector.

pp102, 147, 148, 149（上／下図）, 150（左／右図）, 151, 152, 153（上／下図）, 154, 158, 159, 162, 168, 169, 175, 176, 178, 185, 186, 188-189, 204, 228, 230-231, 232, 239, 241, 243, 256, 258-259, 263, 264, 268：ⒸPhotography by Ward.

pp129, 278-279：The Pierpont Morgan Library, New York. 2000.34. Gift of Charles Ryskamp in honor of Eugene V. and Clare E. Thaw on the occasion of the 75th anniversary of the Morgan Library and the 50th anniversary of the Association of Fellows.

p159：ⒸBogomaz/Shutterstock.

pp160, 182, 190, 196, 202, 205, 206, 210, 211, 212, 214, 218（左／右図）, 219, 222（左図）, 226, 233（左／右図）, 242, 252, 255, 257, 260, 262, 269, 273：ⒸMarta McDowell.

p222（右図）：ⒸKawia Scharle/Shutterstock.

p253：ⒸVictoria and Albert Museum, London.

p267：ⒸGeorge Rodger/Getty Images.

p271：ⒸKevin Eaves/iStock Photo.

p274：courtesy of Richard Lucas.

著■マルタ・マクドウェル（Marta McDowell）

米ニュージャージー州在住の造園家、文筆家。ビアトリクス・ポター協会会員。園芸にまつわる文筆活動、講義などをおこなうほか、ニューヨーク植物園で景観史（landscape history）や園芸学を教える。近年は、特に「ペンと園芸ごて」（作家とその庭のかかわり）に関心を寄せ、これをテーマにした著書を出版している。著書に *Emily Dickinson's gardens —A celebration of a poet and gardener*（McGraw-Hill）、*All the presidents' gardens : Madison's cabbages to Kennedy's roses—How the White House grounds have grown with America*（Timber Press）など。
ビアトリクス・ポターとその庭を取りあげた本書は、2014 年に園芸作家協会（Garden Writers Association）からあたえられる金賞を受賞している。

訳■宮木陽子（みやぎ ようこ）

お茶の水女子大学大学院英文科修士課程修了。訳書に『ルイーザ・メイ・オールコットの日記』『本と図書館の歴史——ラクダの移動図書館から電子書籍まで』（ともに西村書店）、『ケリー・ギャングの真実と歴史』（早川書房）、『オスカーとルシンダ』（DHC）、『こんにちはアグネス先生』（あかね書房）、『スピリット島の少女』（福音館書店）、『ペーパーバッグクリスマス——最高の贈りもの』（いのちのことば社フォレストブックス）、『クロティの秘密の日記』（くもん出版）など、ほか多数。

ビアトリクス・ポターが愛した庭とその人生
——ピーターラビットの絵本の風景——

2016 年 11 月 13 日　初版第 1 刷発行

著　　マルタ・マクドウェル
訳　　宮木陽子

発行人　西村正徳
発行所　西村書店　東京出版編集部
　　　　〒 102-0071　東京都千代田区富士見 2-4-6
　　　　Tel. 03-3239-7671　Fax. 03-3239-7622
　　　　www.nishimurashoten.co.jp
印　刷　三報社印刷株式会社
製　本　株式会社難波製本

日本語翻訳権所有：西村書店

本書の内容を無断で複写・複製・転載すると、著作権および出版権の侵害となることがありますので、ご注意ください。なお、本書に掲載されている図版の使用・転載許諾について、弊社はその権限を有しておりません。

ISBN 978-4-89013-754-1